『神滅
黒帝のかざし
槍が出現する。
出現した槍にはあらゆる
混じり、
極限まで圧縮されていた。
そんな魔力の塊を槍の形に変え、解き放つ。

Blanc's Plan 1

Contents

プロローグ		P3
第一章	10級冒険者ブラン	P15
第二章	雑用係	P51
第三章	異変	P87
第四章	第三の魔王	P154
断章		P177
第五章	研究施設	P184
第六章	平穏	P214
エピローグ		P245
あとがき		P260

英雄ブランの人生計画（キャリアプラン）　第二の人生は雑用係でお願いします①

美紅

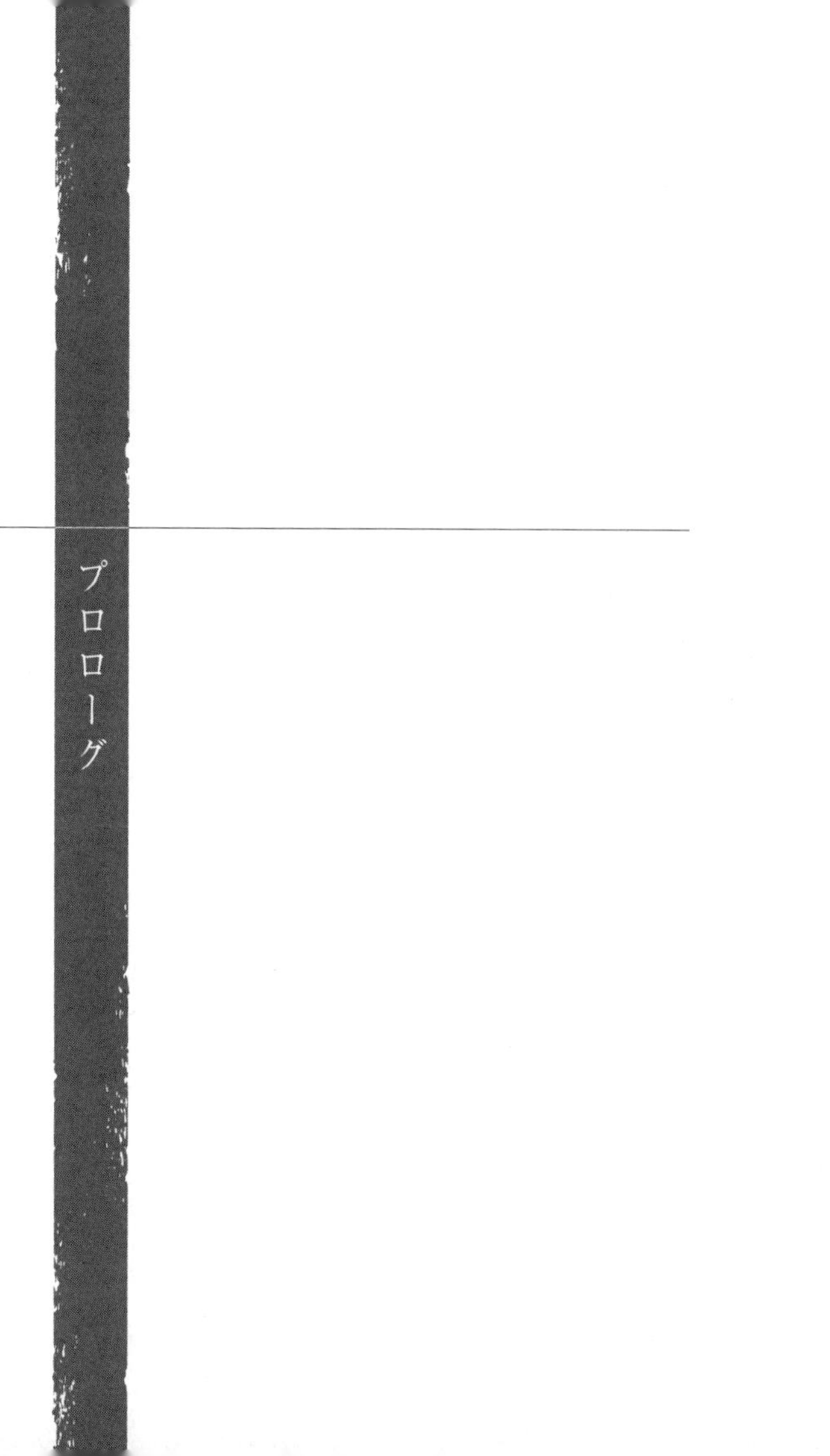

プロローグ

――そこはまさに、地獄そのものだった。

焼け落ちる建物に、一瞬で灰となる人々。

ジェナフ王国の平穏は、たった一体の魔物――――【黒龍】によって、終わりを告げた。


「ぎゃああああああ！」

「いてぇ……いてぇよぉ……」

「水を！　誰か水をくれぇええ！」


逃げ惑い、この地獄から抜け出そうとする人々を、黒龍は上空から悠然と眺める。

この黒龍は、【第一の魔王】最強の眷属であり、まさに絶望そのものだった。

だが、そんな黒龍を前に、国の兵士たちは懸命にも抗う。


「攻撃魔法、用意ッ！　――――放てぇえええええ！」


指揮官の合図とともに、ジェナフ王国の精鋭である魔法師団が、黒龍に向け、一斉に魔法を放った。

炎や水の槍から、雷や氷の弾丸など、実に様々な属性の魔法は、すべて黒龍に命中する。

そして互いの属性が反発、増幅し合い、通常の魔法以上の効果を発揮した。

「やったか!?」

まるで避けることもせず、ただ黙って魔法を受け入れた黒龍を前に、誰かがそう口にする。

しかし――――。


「な……」


――黒龍は、無傷で佇んでいた。

すると次の瞬間、今度はこちらの番だと言わんばかりに、黒龍が口を開く。そこには漆黒の炎が溢れ出していた。

それを見た瞬間、指揮官は叫んだ。

「防御魔法を展開しろおおおおおおおおお！」

指揮官が叫んだ直後、一筋の光が黒龍から放たれる。

それは街に着弾すると、一瞬の静寂の後、再び地獄を生み出した。

指揮官に従い、防御魔法を展開した魔法師団だったが、この一撃でほぼすべての人間が消し飛んだのである。

指揮官は直撃こそ免れたものの、その衝撃の余波で吹き飛び、満身創痍となった。

「ば……ばか、な……」

ジェナフ王国が誇る魔法師団が壊滅したことは、国民をより深い絶望へと叩き落とした。

「おかあさあああん！　おかあさあああん！」

逃げ惑う人々の中に、母親とはぐれた一人の少女が、泣きながら周囲を見渡している。

しかし、他の人々も少女に構う余裕はなく、皆我先にと、この地獄から抜け出すことに必死だった。

指揮官も平時であれば、いくらでも手を貸しただろうが、今は動くことすらままならない。

すると――――。

「う、うそ……だろ……」

なんと、再び黒龍の口元に、漆黒の炎が宿っていたのだ。

しかも、その炎の勢いは先ほどとは比べ物にならず、守りの要でもあった魔法師団が壊滅した以上、今度こそこの王都は消し飛ぶだろう。

半ばやけくそのように、生き残った魔法使いや、王都に駐在していた冒険者たちが、黒龍目掛け、魔法や矢を放つものの、黒龍には何一つ意味がない。
そしてついに――黒龍の口から絶望の光が放たれた。

「――『絶魔神衝結界』」


涼やかな声が響き渡った。

その瞬間、黒龍の放つ炎と王都の間に、七色に揺らめく障壁が出現する。

障壁は王都全体を囲い、まるですべてを護るように展開された。


「――『慈雨天恵』」


さらに、王都全体に優しい雨が降り注ぐ。

その雨はあれほど燃え盛っていた炎を鎮め、人々の傷を癒した。

「これは……」

自身の傷が癒えていくことに驚きつつも、指揮官の男は周囲を見渡す。

すると、先ほどまで母親とはぐれ、泣いていた少女が、上空に浮かぶ何かに気づいた。

「あ！」

「！」

少女の声に釣られ、空中に目を向ける指揮官。

そこには、黒龍と対峙するかのように、漆黒のローブを纏い、仮面を被った者が浮かんでいたのだ。

遠くからではあるが、その者の背丈はさほど大きいようには見えず、下手をすると少女と同じくらいにも見える。

そんな子供のような背丈の者が、黒龍と対峙しているのだ。

異様な光景であり、ほとんどの者がこの状況を理解できていなかった。

しかし、指揮官は空中に浮かぶ存在を知っていた。

「こ……【黒帝】だ……」

「え？」

「【黒帝】が来てくれたんだ！」

――――【黒帝】。

それは、世界に八人だけ存在する、０級冒険者の一人。

０級冒険者とは、一人一人がまさに戦略兵器ともいえる戦闘力を有しており、まさに人間兵器と言えた。

事実、あれほどの惨事を引き起こした黒龍の一撃を防ぎ、その上王都中を癒す雨を降らせてみせたのだ。
指揮官の声が他の者の耳にも入ったのか、皆一様に空を見上げ、目を輝かせる。
そして、その期待に応えるかのように、黒帝は黒龍に向け、手を突きだした。

「『神滅槍』」

黒帝のかざした手に、黒く禍々しい槍が出現する。
出現した槍にはあらゆる属性が入り混じり、極限まで圧縮されていた。
そんな魔力の塊を槍の形に変え、解き放つ。
その一撃はまさに神速。
余裕の態度を見せていた黒龍は、迎撃する間もなく滅びの槍によって貫かれた。
「グオオオオオオオオオオオオオオオオオオオ！」
今まで天敵を知らなかった黒龍は、生まれて初めての激痛に絶叫した。
――だが、黒龍への攻撃はこれだけではなかった。

「さすがに一撃では終わらないか。なら、終わるまで続けるだけだ」

なんと、黒帝は周囲に同じ槍をいくつも浮かべて見せたのだ。
本来、この『神滅槍』と呼ばれる魔法は、そう何発も放てるようなものではない。
それどころか、一つ放つことさえ、普通の魔法使いでは不可能なほど、魔力の量と魔力操作の技量を要求された。
そんな魔法を無数に生み出した黒帝は、黒龍目がけ、手を振り下ろす。
それに合わせ、浮かんでいた滅びの槍が、黒龍に向かって射出される。

「グオオオオオオオオ！」

しかし、二度目は効かんと言わんばかりに、黒龍はさらに上空に浮かび上がると、放たれた槍ごと燃やす勢いで炎を放つ。

「『絶魔神衝結界』」

だが、王都はもちろん、黒帝自身にも防御魔法が展開され、黒龍の攻撃は防がれた。

そして、炎を受けながら、黒帝は再び『神滅槍』を出現させる。

「次は逃さん」


すると、今度は先ほどとは異なり、生み出された『神滅槍』が、激しく回転し始めた。

『神滅槍』は徐々に回転速度を上げていくと、黒龍の炎へと放つ。

放たれた『神滅槍』は、黒龍の炎を斬り裂きながら突き進むと、黒龍の口に飛び込み、その勢いのまま貫いた。


「グ、オ……」


脳を貫かれた黒龍は、弱々しく鳴くと、そのまま羽ばたきを止め、ついには地に落ちた。

こうして完全に沈黙した黒龍を見て、皆声を上げて喜んだ。

「や、やった……やったぞ……！」

「黒龍が、黒龍が倒されたんだ！」

皆が生還を喜び、抱きしめ合う中、彼らを上空から見つめる黒帝。

黒帝はやがて何も告げずに去ってしまう。

「なっ⁉　黒帝様⁉」

「まだ感謝をお伝えできていないのに……！」

しかし、皆が気づいた時には、すでに黒帝の姿はなかった。

だが、そんな黒帝を、少女は最後まで見つめていた。

「黒帝様……」

そしていつか、自分もこうなるのだと夢見て――。

＊＊＊

――黒龍討伐の知らせは、世界に衝撃を与えると同時に、人類にとって、明るい知らせとなった。

それだけ長年黒龍の存在に怯え、苦い思いをさせられてきた歴史があるからだ。

そんな中、黒龍を討伐した張本人である黒帝は、冒険者協会の本部に帰還していた。

黒帝が本部内に足を踏み入れると、皆一斉に動きを止め、黒帝に視線を向ける。

だが、黒帝はそれらの視線を気にする様子もなく、そのまま受付に向かうと、淡々と口にした。

「――依頼を達成した」

『うおおおおおおおおおお！』

「っ！　おめでとうございます！」

本部内を割れんばかりの歓声が包み込んだ。

「マジですげぇよ！」

「黒龍討伐の依頼って言えば、もはや達成不可能な依頼として有名だったのによ！」

「特級冒険者ってのは、こんなにもすげぇんだな……」

「馬鹿っ！　黒帝が特別すげぇんだよ！」

皆が一様に盛り上がる中、当の本人である黒帝は至って冷静であり、何かを考え込んでいるようだった。

その様子に受付の少女も困惑した表情を浮かべた。

「あ、あの、黒帝様……どうかされましたか？」

「ん？　ああ、何でもない」

「そ、そうですか？　それよりも、あの達成不可能だと言われていた黒龍を討伐するなんて、本当にすごいですよ！」

「ありがとう。まあそれを目指して、鍛えてきたからな」

そう、実は、黒帝はとある目的……否、宿題として、黒龍の討伐を師匠から言い渡されていたのだ。

「黒龍のため、ですか？」

「そうだ。黒龍を討伐したら、０級冒険者を辞めてもいいと言われてな」

「ああ、なるほど！　０級冒険者を辞める――――え？」

『え？』

黒帝の言葉に、一瞬聞き間違いかと、皆一斉に動きを止めた。

しかし、そんな周囲の様子など気にも留めず、黒帝は頷く。

「ああ。だから俺――――０級冒険者、辞めるんだ」

『…………』

あれだけ騒がしかった本部が、一瞬で静まり返った。

そして――――。

『えええええええええええええええええええええ!?』

――――また再び、本部が騒然とするのだった。

第一章

冒険者ブラン

――――0級冒険者、【黒帝】の引退。

その知らせは、黒龍討伐以上の衝撃をもって、世界を駆け巡った。

なんせ0級冒険者と言えば、まさに人類の最終兵器であり、【五人の魔王】が率いる魔物に対抗するためにも、必要な存在だった。

中でも黒帝は、元0級冒険者である【剣聖】クルールが連れて来た、謎多き存在だった。

経歴はもちろん、年齢や名前すら不明。

ただ、冒険者として登録する際の背丈から、子供だとは推測されており、そんな子供を元0級冒険者が推薦して登録させたのだ。

そして実際、黒帝はその実力を示し、僅か一年で0級冒険者の地位にまで上り詰める。

そんな破格の実力を持つ黒帝だからこそ、各国の重鎮から様々な依頼を任され、今となっては替えの利かない存在になっていた。

そんな黒帝が、引退。

当然冒険者協会はこれを阻止しようと動いた。

当然、黒帝を連れてきた剣聖クルールにも、引き留めるように要請をかけるが、クルールはこれを拒否。

その後、各国も何とか引退を止めるように働きかけたり、中には引退するくらいなら我が国にと、引き抜こうとする国まで現れる。

しかし、相手は０級冒険者。

黒帝はあっさりと監視の目や工作員の手を掻い潜り、行方をくらませてしまった。

こうして黒帝が消え、三年の月日が流れる――――。

＊＊＊

「ふぅ……ようやく見えてきた」

俺――――ブランは、遠くに見える街を見て、笑みを浮かべた。

というのも、こうして人里に下りてくるのは三年ぶりであり、何よりこれから俺は、新たな人生を歩み始めるのだ。今から楽しみで仕方がない。

「ま、コイツを完璧に使えるようになるまで時間がかかっちまったけどな」

そう言いながら、俺は腰に下げた剣に視線を向けた。

昔の俺は、魔法での戦闘をメインにしていたものの、新たな人生を歩むにあたり、別の戦闘手段が必要になったのだ。

そこで元々師匠から手ほどきを受けていた剣を、改めて鍛えなおそうと決意したのが三年前。

ようやく納得のいく腕前になったので、こうして人生の再スタートを切るため、修行していた山奥から出てきたわけだ。

「まあこれからの人生、武器なんて使わないのが一番なんだがな」

そう、俺の求める新たな人生には、武器は必要ない。

しかし、まだ魔王の眷属たる魔物が蔓延る世の中じゃ、身を護るためにも武器の携帯は必須だった。

何より、これからするのは冒険者登録である。

さすがに戦闘手段がない者を、冒険者協会も登録させないだろうからな。

「何にせよ、早く街に向かうか」

俺は改めて、街に向けて歩き出すのだった。


「おお」

無事、街にたどり着いた俺は、目の前の光景に軽く感動する。

それは、人通りのちょうどよさだ。

というのも、ここはリレイト王国のクレットという街で、リレイト王国自体が小国ということもあり、大国の街に比べ、人の数が少ない。

しかも、お国柄だろうか、街の漂う雰囲気も柔らかく、すでに心地いい。

それでいて見た限り住む上で必要そうなものは一通り揃えられそうで、とても便利そうだった。

「とても穏やかだ。もう人の多いところは懲り懲りだしな……」

俺がかつて活動の拠点にしていたのは、レディオン帝国という大陸随一の大国。

しかも、俺はレディオン帝国の帝都で生活していた。そこには冒険者協会の本部まで存在し、人の往来がすさまじかった。

そんなこともあり、人の多さというものは嫌というほど実感している。

とはいえ、このリレイト王国はレディオン帝国に比べ、人の往来こそ少ないが、【第三の魔王】が棲むとされる【魔の森】に隣接している。

特にこのクレットはその最前線だ。

一応、【魔の森】から魔物が溢れ出てきたという話は聞かないが、他の地域に比べて魔物の出没数が多く、駐在する兵士や冒険者の数も多い。

これこそまさに、俺がこの国を選んだ理由でもある。

当然、その立地から魔物を討伐する冒険者が重宝されるが、魔物が多いため、普通の薬草採取でさえ他国に比べて危険なのだ。

故に、冒険者の中でも『雑用』とされる依頼が豊富だろう。

「……」

改めてこの街のことを思い返しつつ、早速俺は目的地である冒険者協会へと向かった。

協会は街の中央通りにあり、多くの人で賑わっている。

とはいえ、本部の人数に比べれば微々たるものだ。

何となく協会を眺めていると、不意にとある冒険者同士の会話が耳に入った。

「いつになったら【第一の魔王】領域は突破できるのかねぇ」

「無理だろ。あそこは他に比べても危険度が桁違いだ。それこそ特級冒険者でパーティーでも組まなけりゃ、攻略できねぇだろうさ」

「やっぱそうかー……ってか、特級冒険者で思い出したけど、あの【黒帝】はどうなったんだ？」

「さあ？　協会や各国のお偉いさんが全力で探したみてぇだが、全然見つからないってよ」

「さすが特級……いや、元特級か？　ともかく、とんでもねぇ実力の持ち主なんだな。でも、何でそんなヤツが急に引退したんだろうな？　黒帝って噂じゃまだまだ若いんだろ？」

「さあ？　俺らにゃ分からねぇ何かがあるのかもな」

「……」

偶然耳にしてしまった冒険者同士の会話に、俺はうんざりする。

俺が０級を引退して三年が経つというのに、まだ話題にあがるのか……。

まあそんな俺が、こうしてまた冒険者登録しようとしてるなんざ、向こうは思いもしないだろうがな。

そんなことを思いつつ、俺は協会内に足を踏み入れる。

中はちょっとした酒場も併設されており、昼間っから飲んだくれる冒険者の姿もあった。

そんな中、俺の用事は決まっているため、真っすぐに受付に向かう。

受付には何人か並んでおり、少し待っていると俺の番に。

「次の方ー」

「はい」

「ようこそ、クレット支部へ。本日はどのようなご用件でしょうか？」

「冒険者登録をしたいのですが……」

「かしこまりました！　それではお名前をお伺いしてもよろしいでしょうか？」

「ブランです」

「ブランさんですね」

受付嬢はそう言うと、手元で何かを操作した。

その瞬間、受付に備え付けられていた奇妙な箱から、一枚のプレートが出現する。

受付嬢はそれを手にすると、こちらに差し出してきた。

「では、魔力量の測定と登録のため、こちらにブランさんの魔力を込めていただけますか？」

「はい」

俺は受付嬢の言葉に従い、渡されたプレートに魔力を込める。

……気を抜くと昔の癖で普通に魔力を込めてしまいそうになるが、ここでは魔法を使うつもりはないため、自重する。

というのも、俺の魔力量は凄まじいので、普通に魔力を込めるとこの水晶は砕けるだろう。

それに……この場所に、俺の魔力を知ってる人間がいないとも限らない。

だからこそ、バレないためにも極力、魔力の放出は控えるべきだった。

加減に気を付けながら、俺の持つ魔力のごくごく一部を込めると、手にしたプレートに俺の魔力が吸収されていく。

そして、その魔力が吸収されきると、プレートに俺の名前と10級の文字が浮かび上がった。

……この現象を目にするのも二回目だが、一回目は訳も分からず師匠に登録させられたからな。あんまり記憶に残っていない。

だからこそ、こうしてじっくりと確認するのは、何だか不思議だった。

俺のプレートを確認すると、受付嬢は笑みを浮かべる。

「ありがとうございました。そちらのプレートがブランさんの冒険者証となります。依頼の受注や達成などに必要になりますので、大切に保管してください。なくされた場合は料金をいただく形で再発行となります」

「分かりました」

「以上で登録は終了となります。ここからは協会の説明をさせていただきますね」

そして、受付嬢は協会の基礎的なことについて説明してくれた。

それは依頼の種類や受け方、冒険者等級の昇級基準など様々だったが、俺にとってはどれも不要な情報だった。

すでに受ける依頼は決めているし、何より等級を上げるつもりもないからな。

長い説明を終えた受付嬢は、一息ついた。

「ふぅ……説明は以上となります」

「ありがとうございます」

「あ、申し遅れました、私、リーナと申します。ブランさんのご活躍をお祈りしております」

そんな受付嬢――リーナさんの言葉に曖昧な笑みを浮かべつつ、俺は受付を後にした。

残念だが、活躍する気は微塵もない。

俺は俺のやりたいことを。

それが、新たな冒険者人生の目標だった。

＊＊＊

受付を後にした俺は、早速依頼を――とはならず、一度協会を出て、別の目的地に向かっていた。

それは不動産屋だ。

この街に昔から住んでるとかであれば話は別だが、基本的に冒険者とは宿暮らしがほとんどである。

魔物の討伐を主にする者たちだからこそ、装備のメンテナンスなどにお金がかかり、中々持ち家を持つ者はいない。

4級以上の上級冒険者パーティーなどであれば、そのパーティーメンバーがお金を出し合い、拠点として一軒家を借りたりすることもある。

だが一人で一軒家を用意する者は、中々いなかった。

しかし、幸い今の俺は三年前までの活動により、資金は潤沢にある。

「……あの頃は貴族や大商人どもの依頼ばかりで、金だけは貯まったからな」

当時の俺……それこそ黒龍を討伐する前は、生きる意味そのものが曖昧で、やりたいことなど何もなかった。

ただ師匠に言われるがままに冒険者となり、師匠に言われるがままに等級を上げた。

そして、その流れで次々舞い込む依頼をこなしていったのだ。

……それこそが、俺のやりたいことを見つけるきっかけになるとは思いもしなかったが。

ともかく、昔は金が貯まるばかりで、使う機会も使いたいものもなかったが、今はこの地で家を買おうと思ったのだ。

ただ活動するだけなら借家どころか宿でもいいのだが、帰る場所があるというのはいいらしい。

俺にはまだ分からない感覚だが、師匠はそう言っていた。

ならばせっかくなので、借家ではなく自分の家を持とうと思ったのだ。

今のところこの街の雰囲気は気に入っているし、いい感じの家があるといいな。

そんなことを思いつつ、目的の不動産屋にたどり着く。

中に入ると、従業員がすぐにやって来た。

「いらっしゃいませ」

「家を買いたいのですが……」

「さようでございますか！　何か要望などはございますか？」

む、要望か……そこまでは考えてなかった。

単純に帰る場所と、金が使えればいいかくらいの気持ちだったからな。

とはいえ、せっかく買うのであれば、ある程度の広さは欲しい。

狭い場所が落ち着く者もいるそうだが、俺は何故か広い場所の方がよかった。

……何故かは分からないが、狭い場所は落ち着かないと言うか、拒否感すらあるのだ。

それはともかく、広い以外で言えば……ああそうだ、風呂があるといいな。

これまた師匠に教えてもらったことで、水浴びより心地いい。

師匠も風呂は心の洗濯だと言っていたからな。

ただ、普通の宿などに風呂なんてものはついていない。

昔、師匠と暮らしていた家が、風呂付きだっただけだ。

「そうですね、なるべく広く、風呂がついている家はありますか？」

「ございますよ。ただ、街の外れ……平原付近になってしまうので、魔物の被害がないとも言い切れません」

なるほど、確かに平原に近いとなると、いくら防壁があっても魔物の心配はあるか。

だが、そこら辺は何も問題ない。

「大丈夫です。実際に家を確認することはできますか？」

「もちろんです！」

俺は早速店員の人に連れられる形で、街はずれにある家を訪れた。

館とまではいかないが、街にある家の中ではかなり大きい方で、庭までついている。

中を見させてもらうと、家具も一通りそろっており、要望していた風呂も大きなものが備え付けられていた。

「御覧の通り、家自体は非常に綺麗で家具なども充実しているのですが、いかんせん街の中央までが遠くて……」

確かに、多少の不便さはあるかもしれないが、俺は気にならなかった。

なんせこの三年間は、剣の修行のために山に籠りっきりだったからな。多少の不便さ程度では何とも思わない。

「いい家ですね。気に入りました。ここをお願いしてもいいですか？」

「あ、ありがとうございます！」

すぐに購入する意思を告げると、店員は嬉しそうに頭を下げた。

聞いた話によると、立地的な要因で相場より安くはなっているのだが、それでも家が大きい分値段も張るため、中々買い手がつかなかったそうだ。

そんなこの家だが、値段にして１０００万ベルク。ベルク金貨千枚分だ。

確かに大金だが、特級冒険者として活動していた頃は、１０００万ベルクは依頼の中では最低額と言えるだろう。

……黒龍の討伐なんざ、百億ベルクだったからな。

ともかく、こうして無事に契約を終えた俺は、購入した家に帰ると、寝室のベッドに腰掛ける。

このベッドも備え付けだが、マットやシーツは新品で、非常に寝やすそうだ。

「……ようやく俺も10級冒険者か」

今日手に入れたばかりの冒険者証を眺める。

――昔の俺は、何も分からないまま師匠によって冒険者に登録させられた。

今なら分かるが、当時の俺は何に対しても無関心、無感動で、生きている理由さえ分からなかった。

そんな俺に役割を持たせるため、師匠は冒険者という道を用意してくれたのだ。

ただ、そんな俺は師匠が元0級冒険者というだけあって、登録時は特例の7級からスタートだった。

7級と言えば、冒険者として中級に足を踏み入れたレベル。

もっと詳しく言うと、10級から8級は下級、7級から5級が中級、それより上は上級で0級が特級という寸法だ。

当然、俺のようなぽっと出の訳の分からないヤツが、いきなり7級に登録なんざ、他の冒険者からすれば面白くもないだろう。

昔の俺はそんな状況すら何も感じていなかったが、師匠が周囲を黙らせるため、俺に次々と依頼を受けさせ、それを俺は淡々とこなしていった。

そして気づけば、師匠と同じ0級冒険者になっていたのだ。

その頃には俺のことを悪く言う者も減っていたが、相変わらず俺はただただ依頼を処理するだけの毎日だった。

そんなある日、俺は師匠から唐突に課題を出された。

それこそが、【第一の魔王】の眷属である黒龍の討伐である。

黒龍を討伐することができれば、自由にしていいと師匠は言ったのだ。

しかし、その宿題を出された時、俺はその宿題を受ける意味が分からなかった。

ただ依頼を処理する日々に不満もなく、淡々と、何となく生きているだけでいいと思っていたから。

こうして機械的に依頼を処理する俺は、お偉いさんにとっては都合のいい存在だったようで、お偉いさんたちの悩みの種……いわゆる雑用を片付けさせられてきた。

そんな俺が、ある光景を目にしたことで、初めての感情を得たのだ。

それは……『雑用』系の依頼を受ける、10級冒険者の子供たち。

今まで何も考えずに依頼をこなしていた俺は、偶然初めて10級冒険者という最下級の冒険者を目にしたのだ。

彼らは、雑用と呼ばれる薬草採取の依頼であっても、互いに協力し合い、全力で取り組むのである。

だが、当時の俺は、雑用に本気になる彼らの存在理由が分からなかった。

冒険者は、魔王の眷属たる魔物を討伐し、未開拓領地を切り拓くことに存在意義がある。

故に、魔物と戦うわけでもなく、ただ薬草を採取したり、街の清掃をする彼らが、意味の分からない存在だった。

だからか、俺はその意味の分からない存在に興味を引かれ、依頼の合間に観察することにした。

するとすぐに彼らの存在価値を実感する。

彼らが採取した薬草は薬となり、冒険者だけでなく、市民の生活を助ける物に。

街の清掃も、疫病を防いだり、穢れに惹かれてやって来る魔物の出現を未然に防いだりと、そのすべてに理由があるのだ。

そんなことは、少し考えれば分かるはずだった。

しかし、当時の俺はそれに気づくことすらできないほど、ただ生命を殺すということにしか、意識が向いていなかったのだ。

彼らに比べ、俺は何をしているのだろう。

確かに冒険者は魔物を殺すことを第一としている。

そういう意味では、貴族どもの依頼で見栄えのいい魔物を討伐していた俺は、貢献していただろう。

だが、それに何の意味がある？

貴族どもの依頼となる魔物は、人類の生存圏から遠く離れた位置に生息していることがほとんどであり、依頼でもなければわざわざ狩る必要もない。

俺の狩った魔物は、貴族の娯楽として標本にされたり、コレクション用の素材など、欲望のためで、真の意味で誰かの助けになることはまずなかった。

俺と彼ら、どっちが『雑用係』だと言うのか。

ここで初めて、俺は誰かの役に立つような……そんな依頼を受けたいと思ったのだ。

しかし、俺はこの時すでに0級冒険者。

今までも貴族どもの依頼が止まったことはなく、協会のルールや方針的にも、俺が下級の依頼を受けることを許されるはずがなかった。

師匠からも0級冒険者として活動するように課されていたため、辞めるわけにはいかない。

そこで俺は、自分のやりたいことをやるためにも、0級冒険者を辞めるべく……師匠の宿題をこなす決意をしたのだ。

「……今思えば、師匠はこうなることを期待していたのかもな」

俺の心が少しでも和らぐようにと。

当時の俺は、それくらい何に対しても無関心で、殺伐としていた。

……本当に俺は、何なんだろうな。

どうしてあんなにも荒々しい心を持っていたのか、俺には分からない。

気づいた時には師匠と一緒に行動していたのだ。

それ以前の記憶はない。

俺は何者なのか……。

「……何だっていい。今の俺は、10級冒険者のブランだ」

師匠が俺の身分を隠していたのも、この時のためだったのかもな。

本当に頭が上がらない。

「……師匠は元気にしてるかねぇ」

俺は自分の師匠のことを思い浮かべ、少し眠るのだった。

＊＊＊

――ブランが家を購入した頃。

レディオン帝国の冒険者協会本部では、とある人物が呼び出されていた。

「……はぁ。貴様らもしつこいな」

そう口にするのは、白金の長髪に碧眼の一人の女性。

まるで〝美〟そのものを擬人化したかのようなその女性は、エルフ族特有の長耳を有していた。

エルフ女性はうんざりした表情を見せつつ、本部にある会長室で優雅に座る。

この女性こそ、ブランの師匠にして元0級冒険者――【剣聖】のクルールだった。

「フン……ここまでしつこくなる理由も分かっているだろう?」

するとクルールと相対するように座る中年男性が口を開いた。

背広を着た中年の男性は、筋骨隆々であり、見る者を威圧するオーラを放っている。

この男性こそ、すべての冒険者を束ねる冒険者協会会長であり、元1級冒険者のバルガンだった。

すでに冒険者を引退しているクルールを呼び出したのは他でもない。

【黒帝】……ブランの行方についてだった。

ブランが引退してから行方を捜し続けている協会としては、唯一その行方を知っているであろうクルールだけは逃すまいと、ブランが逃げた時以上に厳しく監視されていたのだ。

「今日こそは黒帝の居場所を教えてもらうぞ」

「いい加減諦めろ。もう三年も経つんだ」

「もう三年なのだ。ヤツがいなければ困る」

「知ったことか。私には関係ない」

「お前はヤツの師匠だろう?　アイツを指名した依頼がこれでもかと溜まっているんだぞ」

「何故アイツにばかり固執する?　他の特級どもを動かせばいいだろう」

「……アイツらは動かん」

悔しそうにそう告げるバルガンに対し、クルールは鼻で笑った。

「ハッ！　動かないんじゃなくて、動かせないんだろ？」

「……何？」

クルールの発言に対し、バルガンは圧を強めるが、クルールはその圧を叩き潰すように、さらに強烈な圧をぶつける。

「誰を威嚇している？」

「っ！」

あまりにも強烈な威圧に、バルガンは息が詰まった。

――――1級と0級。

等級で見れば、たった一つの差。

しかし、その間には隔絶した力の差が存在していた。

「だいたい私は、昔の義理でこの場に留まっているだけだ。その義理がなければ、貴様らの監視など容易く撒けるんだぞ」

「……」

クルールの言葉は事実だった。

それこそ本気で特級冒険者を監視しようとするならば、同じ特級冒険者が必要になるのである。

しかし、特級冒険者は誰もが一癖も二癖もあり、協会が制御できるような存在ではなかった。

「……だからこそ、アイツが必要なんだ。アイツは特級冒険者でありつつも、我々の依頼を受けてくれたのだからな」

「依頼？　雑用の間違いだろう？」

「何だと!?」

「違うとでも言うのか？　……アイツは今まで自分の意思というものを持っていなかった。そこに付け入り、散々こき使ってきたのは貴様たちだろう？」

「それは……」

バルガンはクルールの言葉を否定することができなかった。

かつてのブランは、そこに意思というものが存在せず、ただ依頼を淡々とこなす機械のような存在だったのだ。

すると、クルールは一瞬、悲し気な表情を浮かべる。

「……アイツに何か意思を持ってほしかったから、私は冒険者という仕事をさせた。決して貴様らの道具にするためじゃない」

「……」

「そんなアイツが、ようやく自分の意思を見つけたんだ。貴様らごときが邪魔をするなよ？」

「なっ！　待て、話は終わってないぞ！」

クルールは最後にそう強い圧をかけると、バルガンに反応することなく会長室を後にする。

「アイツは元気かな……」

実際、クルールはブランの居場所をある程度把握していた。

しかし、あくまでどこの国にいるのかを知っているだけであり、詳しい街などは聞いていない。

それでも、クルールはブランが元気に過ごしているのであればそれでよかった。

「そうだな……もうある程度義理は果たしただろう。そろそろこの監視も鬱陶しいし、そのうちブランの下に行ってみるか」

最近顔を見ていない弟子のことを思い、クルールはそう決意するのだった。

＊＊＊

買ったばかりの家で一息ついた後。

俺は再び冒険者協会に訪れていた。

というのも、まだ日は高いため、せっかくなら10級冒険者となった日に、記念の依頼を受けたいと思ったのだ。

そこで依頼書が貼られている掲示板に向かうと、そこには俺の求めていた依頼がたくさん貼られている。

「おお、こんなにも……」

その内容は薬草採取から街の清掃、飼い猫探しや買い出しの代行まで、本当に雑務と言える依頼で溢れていた。

確かに一見すると冒険者というより、召使いのような仕事が多いかもしれない。

だが、このどれもが大切な仕事だと、今の俺は思う。

「それにしても、この依頼の量を見ると、人気がないんだな」

この10級冒険者が受けられる依頼書はたくさん貼られているものの、等級が上がるごとに貼りだされている依頼書の数も減っていく。

0級冒険者向けの依頼書などは皆無だ。

まあ0級冒険者を必要とする依頼書が掲示板に貼られることはほとんどない。

というのも、中級冒険者くらいから、依頼主による指名依頼が増えるからだ。

「一つ上の9級冒険者からは、討伐依頼も入って来るらしいが……」

見たところ、常設依頼として、ゴブリンやスライムといった、弱い魔物の討伐依頼書が貼りだされている。

そんな風に観察していると、一人の冒険者が俺の隣にやって来る。

その冒険者の視線を辿ると、ちょうど9級の依頼書を眺めていた。

そしてある程度依頼を確認すると、すぐに常設の魔物の討伐依頼書を手に取り、受付に向かった。

「……やはり魔物の討伐依頼が人気なんだな」

確かに、魔物を討伐する依頼は、薬草採取に比べて報酬がいい。

特に駆け出しの冒険者は食べていくのにも苦労するからこそ、魔物の討伐依頼が受けられるようになると、それを受けるのだ。

「まあいい。俺は薬草採取を選ぶだけだ」

改めて10級の依頼を眺めていると、あることに気づく。

それは、薬草採取と言えど、これまた種類が異なるのだ。

例えば、『薬草〈ヒリア草〉10本の採取』と、『薬草〈マギカ草〉5本の採取』といった、薬草といえども様々らしい。

受付に伝えれば、見本となるものも見せてくれるので、知識がなくとも問題なかった。

「ひとまずこのヒリア草ってヤツにしてみるか」

俺は依頼書を手にすると、受付に向かう。

するとちょうど、俺の登録を担当してくれたリーナさんが空いていたので、そこで受理してもらうことに。

「こんにちは」

「あ、どうも！　どうしましたか？」

「この依頼を受けたいんですけど……」

「こちらの依頼ですね、かしこまりました。それでは、冒険者証と依頼書をお渡しいただけますか？」

「はい」

リーナさんは俺から依頼書と冒険者証を受け取ると、これまた不思議な箱にその二つを投入した。

少しして、箱から冒険者証を取り出すと、俺に返してくる。

「お返しいたします。無事、依頼が受理されました。冒険者証の方に、現在の依頼が記載されておりますので、ご確認ください」

リーナさんの言う通り、俺の冒険者証にはさっきまでなかった、『受注済み依頼：1』という表記が刻み込まれている。相変わらず不思議な箱だ。

ついそんなことを考えていたが、ヒリア草の見本のことを思い出す。

「あの、すみません。ヒリア草の見本を見せていただけますか？」

「かしこまりました。……こちらになります」

そう言いながらリーナさんが差し出したのは、二つに分かれた葉が特徴的な植物だった。

早速よく確認するために受け取ると……。

「ありがッ……!?」

「？　どうされましたか？」

俺は、リーナさんの言葉に返事をすることができなかった。

というのも、今リーナさんからヒリア草の見本を渡された瞬間、脳内にヒリア草の知識が流れ込んできたのだ。

しかもそれは見分けるための知識ではなく、植生から、このヒリア草を使った薬や……毒物まで。

ありとあらゆる知識が流れ込んできたのだ。

……まただ。

俺は時々、今のようにどこで身に付けたのか分からない知識が頭に流れ込んでくることがある。

何が切っ掛けなのかも分かっていないが、本当に唐突なのだ。

確かに昔は師匠の下で色々学び、ヒリア草のことも知っていたが、今流れ込んできた知識のように、薬だけでなく、ましてや毒物の作り方など聞いたこともなかった。

……もしかすると、俺の記憶にない昔に、何かあったのかもな。

気にならないと言えば嘘だが、気にしたところで仕方がない。

何より今は、こうして普通に生活できている。昔を気にするより今だな。

「……すみません、何でもないです。見本、ありがとうございました」

必要以上に詳しい情報を手に入れた俺は、見本をリーナさんに返すと、そのまま協会を後にするのだった。

＊＊＊

冒険者協会を後にした俺は、採取のための準備をすると、街の外に向かった。

「さて、ここからヒリア草を探すわけだが……」

突然得た知識によると、ヒリア草はどこにでも生えている、かなり一般的な薬草なので、探すのはそう苦労しないだろう。

実際、見本で見たヒリア草は意識していないだけで、いたるところで見かけた記憶がある。

「よく見ると、あちこちに生えてるな」

周囲を軽く観察した感じ、ヒリア草らしきものがちらほら見えた。

「もしかしたら、似たような別の植物もあるのかもしれないが、ひとまず採取していこう」

一番近場のヒリア草に向かうと、採取のためしゃがみこむ。

「……ん、葉が二つに分かれてるし、ヒリア草で間違いないかな」

早速見つけたヒリア草を採取するわけだが、このまま引っこ抜くのではなく、根元から切って、採取するのがいいらしい。

そして……。

「採取したヒリア草の根元を、この濡らした布で包むと」

こうすることで、ヒリア草の鮮度を保つことができるらしい。

……これもさっき突然得た知識によるものだが、本当にどこから得たのやら。

「ん？」

そんなことを考えていると、近づいてくる気配を察知する。

その方向に視線を向けると、半透明のブヨブヨな物体が、もぞもぞと近づいてくるのが見えた。

「スライムか」

このスライムはどこにでもいる弱い魔物だが、場所によっては非常に強力な種も存在している。

当然、この周辺にいるスライムは、弱いヤツだ。

スライムはその見た目から、知性があるようには見えないが、やはり魔王の眷属であるため、人間に対する敵愾心が本能に刻まれているんだろう。

そんなスライムだが、柔らかい肉体のため、音もなく近づいてくる。

なので、弱い魔物だと油断していると、背後から襲われ、そのまま顔に纏わりつかれ、窒息死するという事例もあった。

まあ音がなくとも気配はあるため、気づくのは容易いが。

「狙う相手を間違えたな」

俺は剣を抜くまでもなく、そのままスライムを踏み潰した。

こうして依頼外で討伐した魔物も、証明部位を持って行けば金になる。

スライムの場合、半透明な体内にある丸い物体……【スライムの核】と呼ばれる物が、討伐証明部位だ。

「まあ金には困ってないし、放置だな」

俺は倒したスライムをそのままに、改めて他のヒリア草を探し、採取していくのだった。

＊＊＊

「……今日はこんなところか」

日が暮れた頃。

俺はようやく満足し、薬草採取を切り上げることにした。

その結果、依頼に必要な10本を超え、気づけば100本以上採取していた。

ヒリア草は繁殖力が強いのですぐに生えてくるものの、少し採取し過ぎた気もする。

それだけ薬草採取が楽しくて、夢中になっていたのだ。

元々何も考えないでできる作業が好きなのだ。

だからこそ、０級冒険者時代も作業のように魔物を倒すのは苦ではなかった。

だが、それだけだ。

そこに喜びも感慨もない。

それに対して、今日の薬草採取はとても楽しかった。

「さて、それじゃあ協会へ達成報告しに行きますか」

採取したヒリア草を手に、協会に戻る。

すると、受付ではまだリーナさんが仕事をしていた。

「すみません」

「あ、ブランさん。お帰りなさいませ。依頼はどうでしたか？」

「無事終わったので、依頼の処理をお願いします」

「かしこまりました。では、こちらに依頼の品をお願いいたします」

俺は受付の上に、集めてきたヒリア草を並べた。

すると、リーナさんもさすがにここまでの量を確保してくるとは思っていなかったようで、目を丸くする。

「す、すごい量ですね……」

「つい楽しくなってしまいまして……」

「た、楽しく？　薬草採取がですか？」

「はい」

「……ブランさんは変わってますね。とりあえず、一度こちらで確認するため、時間をいただきますがよろしいでしょうか？」

「大丈夫ですよ」

そう言うと、リーナさんは俺が採取してきたヒリア草を手に、協会の裏手に移動した。

その間、手持ち無沙汰になった俺は、何となく協会内を眺める。

「なんか最近、【魔の森】がおかしいらしいぜ」

「おかしいってなんだよ」

「なんでも、森の奥地にいるような魔物が、結構浅いところで出てきたみたいだ」

「マジか。そりゃ気を付けねぇとな……」

「あと、街でも毎晩妙な唸り声を耳にしたって噂が流れてるな」

「あ、それ、俺も聞いたんだよ。獣の唸り声って感じだったが……」

「もしかして、街中に魔物でもいるのか？」

「んな馬鹿な。街の外壁には兵士が常駐してるし、魔物がいるって割には街中で何か妙な事件が起こったって話も聞かねぇ。たぶん、どっかの犬が毎夜毎夜喧嘩でもしてんだろうさ」

「そうかねぇ。何にせよ、何も起こらなければいいな」

酒場で話す冒険者の会話に、俺は耳を傾ける。

……【魔の森】か。

あそこは行ったことはないが、【第三の魔王】がいるって噂の……。

そもそも【魔王】とは、その名の通り魔物の王である。

だが、魔物がいつどうやって出現したのか分かっていないように、【魔王】の誕生もよく分かっていない。

それでも、魔物の王ということもあり、人類に多大な被害を及ぼしてきたことから、敵対関係にあった。

事実、遥か昔には人類と【魔王】たちの戦争が起こっている。

ただ、そんな人類の敵である【魔王】の中でも、【第三の魔王】は比較的穏健派という話は聞いたことがあった。

だからこそ、【第三の魔王】が率いる魔物による被害は少ないとか。

それがあるから、【第三の魔王】がいるとされる【魔の森】も、他の魔王たちがいる場所に比べ、危険度が一段下がっているのだ。

そんな森で異変か……何事もなけりゃいいけどな。

そんなことを考えていると、リーナさんが戻って来る。

「お待たせしました。ブランさん、すごいですね！　どのヒリア草も状態がいいって驚いてましたよ！」

「それはよかったです」

「もしかしてブランさんは、薬草系に詳しかったりするんですか？」

「別にそういうわけじゃないですけど……今回のヒリア草に関しては少し知っていたので」

もしかすると、別の薬草でも同じような知識が流れてくるかもしれないが、これればかりは分からないからな。


「そうですか……何にせよ、初めての依頼達成、おめでとうございます！」

初めての依頼達成……。

それは、とても不思議な感覚だった。

黒帝時代、嫌というほど依頼を受けてきた。

何より、俺にとって本当の初めての依頼は、師匠が選んだ魔物の討伐依頼だったはずだ。

そんな俺が、こうして薬草採取の依頼を受け、達成した……。

ここで初めて、俺は依頼に対して達成感というものを感じることができた。

俺は喜びの感情が湧き上がることに感動しつつ、笑みを浮かべる。

「……ありがとう」

協会を後にした俺は、ふと空を見上げた。

日が落ちかけており、周囲を橙色が温かく包み込む。

今日が俺の、10級冒険者としての……初めての依頼達成。

心地よい感覚に身を委ねながら、俺は伸びをする。

「んーっと。さて、帰りますかね」

そしてまた明日、雑用系の依頼を受けよう。

そう決めると、俺は家に帰るのだった。

第二章

雑用係

10級冒険者になってから、一週間が経過した。

その間も、俺は10級の依頼を次々とこなし、充実した毎日を送っていた。

初日にたくさんヒリア草を採取したわけだが、翌日にもヒリア草の依頼書が貼りだされていた。薬草はいくらあっても足りないのだろう。

それに、驚くことに、ヒリア草もすでに採取可能な一歩手前まで、新しいものが生えていたのだ。

知識として生命力が強いとは知っていたが、まさかここまでだとは思わなかった。

なので、その次の日も薬草採取に勤しみ、他の日はヒリア草とは別の薬草採取をして過ごしていた。

ちなみにヒリア草以外の薬草に関しても、やはり実物を一度確認させてもらった瞬間、脳内に知識が流れ込んできた。

……これが一体何なのかは分からないが、今の俺に調べるすべはない。

普通の人間なら、自分の知らない知識や記憶が頭に流れてくるなど、気持ちが悪いだろう。

しかし俺は、どうもそこら辺の精神構造が他の人とは違うらしいため、あまり気にしていなかった。

むしろ、知識が流れ込んでくる際の頭痛を除けば、便利だなぁとすら感じていたほどだ。

師匠としては、俺のこういう考え方も矯正したかったのだろうか。

それはともかく、新たな知識を得つつ、薬草採取ばかりを受けていた俺だが、今日はまた違った依頼を受けていた。

それは……。

「んー……こっちの方で見かけたって話だったが……」

俺は今、とある猫を探していた。

これも立派な依頼であり、依頼主の猫が逃げ出したため、それを探し出すために協会に依頼を出していたのだ。

ただ、こういった依頼は金額の割に労力と時間がかかるため、10級冒険者の中でも受ける人間はほとんどいない。

だが俺は、そんな依頼に興味があったため、こうして受けたのだ。

依頼の猫は白、黒、茶色の三毛猫で、ピンクの首輪をしているらしい。

そんな猫を探すため、俺は地道に街の人に猫のことを聞きながら探し回っていた。

だが、これが予想以上に大変だった。

いくらクレットという街が小さいとはいえ、それはあくまでレディオン帝国の帝都などと比べての話だ。

この街全体から猫一匹探すのは当然、それなりの時間がかかる。

しかも、俺が声をかけ、猫のことを聞くたびに、街の人は怪訝な表情を浮かべるのだ。

それだけ雑用の中でも猫探しを受ける人間が少ないということだろう。

何はともあれ、俺は受けた依頼を達成すべく、ひたすら街中を探し回っていた。

すると……。


『──────ゥウウ』


「ん？」

一瞬、俺の耳に唸り声のようなものが聞こえてきた。

「なんだ？」

足を止め、先ほどの声を聞き取ろうと集中するが、聞こえてこない。

「気のせいか……？」

確かに唸り声が聞こえたと思ったんだが……。

一応、周囲の気配も探ってみたが、おかしな気配は見当たらなかった。

「にゃー」

「あ！」

そんなことを考えていると、ふと目の前を探していたピンクの首輪をした三毛猫が横切る。

「見つけたッ！」

俺は慌てて追いかけると、三毛猫は俺の気配に気づき、すごい勢いで逃げ出した。

猫は道行く人を華麗に避けていくと、そのまま路地裏まで逃げ込む。

俺も人にぶつからないように気を付けながら、猫のいる路地裏まで追いついた。

路地裏はちょうど袋小路となっており、逃げ場はない。

しかしさすがは猫、周囲の壁を足場にすると、軽快な動きでそのまま家の屋根に上って逃げてしまった。

なるほど、確かにこりゃあ大変だな。

特に冒険者になりたての人間では、猫の素早さに追いつくだけでも精一杯だろう。

それに、今のように屋根の上に逃げられると、それを追って屋根の上に上っている間に、また別の場所に逃げられてしまうはずだ。

だが……。

「よっと」

「にゃ⁉」

俺は一息で屋根の上に跳び上がると、そのまま猫の下に着地した。

そして、驚いて逃げ出そうとする猫をすぐさま確保する。

「捕獲完了ー」

「にゃ！　にゃにゃにゃあー！」

「うおっ⁉　暴れるなって」

猫は必死に逃げ出そうと、俺に向けて爪を振るうが、俺はそれを回避した。

うーむ……黒帝の時もそうだったが、俺は何故か動物に悉く嫌われるのだ。

それは魔物も同じで、魔物も俺を見ると、普段以上に殺意を持って襲い掛かって来る。

幸い人間からは見ただけで嫌われると言ったことはないので、普段の生活に支障はないが……今後、こういった雑用系を受ける時は、気を付けないとな。

何はともあれ、猫を確保した俺は、そのまま協会に帰還して猫を預け、無事依頼を達成するのだった。

＊＊＊

翌日。

また俺は、薬草採取以外の依頼を受け、その依頼主の下に向かっていた。

というのも、今回俺が受けたのは荷運びという依頼だったため、薬草採取のように、ただ依頼品をギルドに納入すれば終わりというわけではなく、しっかりと依頼主の下に向かう必要があった。

内容としては、とある商会で商品を運ぶため、その荷物を馬車に積み込むための要員としてギルドで募集されていた感じである。

ただ、冒険者の中にこの手の依頼を受ける人間は案外少ない。

というのも、肉体労働の割に報酬が安く、その上商品に傷をつければ賠償請求をされる可能性もあるため、中々手を出しにくいといった状況だった。

俺は別に報酬が安くても気にしないことと、万が一商品をダメにしてもその賠償金を支払えるだけの金はあるため、気にする必要はない。

まあ本当に俺の不注意で傷ついたのならともかく、変な言いがかりをつけられるようならこちらも別の手を考えるが……そんなことはそうそうないだろう。

そんなことを考えながら歩いていると、目的地である商会が見えてくる。

その商会は、何度か利用したこともあるこの街で一番大きな商会だった。

立派な建物の前にはすでに馬車が来ており、多くの人が荷運びを始めている。

早速俺は、その中でも指示を出している人の下に向かい、声をかけた。

「すみません！　冒険者ギルドで依頼を受けてきたんですけど……」

「ん？　おお、あの依頼を受けてくれたのか！　ちょっと待っててくれ！」

そう口にして一通り指示を出し終えると、すぐ俺の下にやって来る。

「待たせたな。俺はこのベルモ商会の会長をしてる、ベルモだ」

「どうも、ブランです」

ベルモさんと握手をすると、ベルモさんはどこか呆れた様子でため息を吐いた。

「はぁ……結局、あの依頼を受けてくれたのは君だけのようだな」

「す、すみません……」

「いや、君のせいじゃないよ。我々としてはもっと地域に関連する依頼を受けてもらいたいのだが、冒険者だからね。魔物討伐に惹かれるのは仕方がない。とはいえ、もう少し我々の依頼にも目を向けてもらえるといいんだがな……」

「……」

ベルモさんの言葉に、俺は曖昧な笑みを浮かべることしかできなかった。

ま、まあもう少し報酬が多ければまた違うのかもしれないが、これぱかりは何とも言えない。

荷運びだけで高額な報酬を支払っていては、すぐ破産するだろうしな。

何より、報酬以外で賠償金などの精神的負担や、拘束時間が気にかかる冒険者の方が多いだろう。

実際、この手の依頼は二日かけて行われることもあるし、その日の進捗で大きく変わるのだ。

「おっと、つい愚痴を言ってしまったな。とりあえず、商会内に積まれた荷物を、指示通り馬車に積んでくれれば大丈夫だよ」

「分かりました」

俺はすぐ商会内に向かうと、そこには多種多様な積み荷が用意されていた。

穀物や野菜といった食料品から、回復薬や布など、生活必需品も木箱に詰められ、置いている。

とりあえず、俺は穀物の入った布袋をまとめて持ち上げ、馬車まで運んだ。

「う、嘘だろ？　あの量を一気に……」

「あれ、一つでも十分重いよな？」

「あんな風に運ぶもんじゃないだろ……」

そんな俺の行動を見て、周囲が少しざわついた。

すると、その中の一人が心配そうに声をかけてくる。

「お、おい、そんなにいっぺんに運んで大丈夫か⁉」

「大丈夫ですよ。これくらいならまだ軽いんで」

「か、軽いって……」

確かに布袋（ぬのぶくろ）はかなりの重さだろう。

しかし、元々師匠との訓練で鍛えられているし、魔力を体内に巡らせて筋力などの身体強化をすることで、常人以上の力を発揮することができる。

なので、これくらいの重さであれば、特に苦も無く運ぶことができた。

次々と運び込む俺の様子に、周囲の人たちは呆気に取られていたが、すぐに正気に戻ると、俺に続く形で作業が再開した。

こうして指定された荷物を運びこんでいると、俺に触発されたのか、木箱を複数重ねて運び込む男性の姿が。

「お、おい、無理すんなよ！」

「だ、大丈夫だ！　俺だってこれくらい……！」

男性はそう口にするが、見ているだけでとても危なっかしい。

なので、すぐ俺が補助に動こうとすると、運悪く近くを通りかかった商会の女性従業員にぶつかってしまった。

「きゃっ！」

「ああっ⁉」

その瞬間、男性は体勢を崩し、運んでいた木箱が崩れ落ちる。

しかも、その崩れた先には、ぶつかった女性の姿が！

「フッ！」

俺は一瞬にして距離を詰め、男性と女性の間に割り込むと、倒れそうになる女性を片手で支え、もう片方の手で崩れてきた木箱を受け止めた。

危なかった……。

ギリギリ木箱を落とさず、受け止めることができた。

「大丈夫ですか？」

「え？　あ、はい！」

驚いていた女性にそう声をかけると、女性は勢いよく返事をする。

ざっと女性の様子を確認するが、特に怪我などはしていないようだ。

ひとまず大丈夫だった女性を解放すると、俺は空いた手で改めて木箱を受け止め、荷馬車に運び込んだ。

そして、体勢を崩した男性に声をかける。

「貴方も大丈夫ですか？」

「あ、ああ。俺は大丈夫だ……って、いや！　アンタのおかげで助かった！　すまねぇ……」

男性はどこかバツが悪そうな表情を浮かべ、後頭部をかく。

すると、ベルモさんが飛んできた。

「何があった⁉」

「す、すみません、会長……俺がヘマをして……」

すぐに男性が事情を説明すると、ベルモさんは呆れたようにため息を吐く。

「はぁ……幸い、木箱の中身に破損はない。それにお前たちも怪我がなくてよかったが……次からは気を付けてくれ」

「はい……」

すると、ベルモさんは俺にも視線を向けた。

「ブラン君には助けられたな。ありがとう」

「いえ、間に合ってよかったです」

「それにしても……君は見かけによらず、ずいぶんと力持ちなんだな。どうだ？　冒険者じゃなく、ウチで働いてみないか？」

なんと、まさかそんなスカウトを受けるとは思いもせず、俺は目を見開いた。

昔は戦うことしかできなかったこの俺が、そんな風に言ってもらえるとは……。

とはいえ、冒険者を辞めるつもりは今のところなかった。

「大変ありがたいのですが、今の生活が気に入ってまして」

「そうか……まあ気が変わったら、いつでも言ってくれ」

「はい！」

そんなやり取りの後、荷運びを再開する。

その後は特にトラブルもなく順調に運び込み、日が暮れる頃には荷運びは完了して、俺は無事、依頼を達成するのだった。

＊＊＊

そんなこんなで雑用系の依頼をこなしていたある日。

「――9級への昇級、おめでとうございます！」

「結構です」

「えぇ⁉」

いつも通りリーナさんのところで依頼を受け付けてもらおうとした瞬間、妙なことを言われたのだ。

9級への昇級って……。

「俺、10級のままがいいので、大丈夫です」

「いやいやいや！　そういうわけにはいきませんよ！」

「そこをなんとか……！」

「なんとかって言われましても、規則ですから！　10級冒険者はあくまで冒険者としての仮期間のようなもので、一定数依頼をこなせば自然と9級に昇級するようになってるんです！」

「そ、そんな……！」

「どうしてそんなに絶望してるんですか……」

せっかく憧れの10級冒険者になったと言うのに、規則で強制的に9級に昇級するだなんて思いもしなかった。

俺は師匠の推薦もあって、いきなり中級冒険者としてスタートしたわけだが、そこから0級に昇級する際は、ちゃんと試験を受けてきた。

「昇級には試験が必要なはずじゃ……」

「それは7級への昇級からですね。8級までは本当に冒険者としてのお試し期間のようなものなので、自然と昇級するようになってるんです」

「は、8級も⁉」

俺はその場に崩れ落ちそうになった。

ば、馬鹿な……それじゃあ俺の依頼はどうなるって言うんだ……！

すると、絶望する俺を見て、リーナさんは頬を引きつらせる。

「何故そこまで落ち込んでいるのか理解できないんですが……普通、他の方々は昇級したくて頑張ってるのに……だからこそ、8級まで自然昇級するなんて説明はしないわけで……」

「10級冒険者がいいって人もいるんですよ」

「それはブランさんだけですよ……」

そんなことはないはずだ。

どこかに俺と志を同じくする仲間がいる……そう信じてる。

「で、ですがいいじゃないですか！　9級からは簡単とは言え、討伐依頼も解禁されますよ！」

「どうでもいい……」

「ど、どうでもいい⁉　え、えっと、ほら、報酬金も増えますし！」

「どうでもいい……」

「本当にどうなってるんですか⁉」

俺にとって、討伐依頼が受けられるようになることも、お金が増えることも重要じゃない。

なんせ、どちらも黒帝時代に飽きるほどやって来たことだ。

それが嫌で、こうして10級冒険者として登録したというのに、ここでまた討伐依頼ばかり受けていては意味がない。

「ど、どうしてそこまで昇格に否定的なのかは分かりませんが、やはり冒険者である以上、市民のためにも、できる仕事は増やすべきですよ」

「市民のため？」

「そうです！　9級から解放される討伐依頼は一般的に弱いとされる魔物が対象であっても、戦いとは無縁の市民の皆さんからすれば、脅威であることに変わりはありません。そんな魔物を冒険者が駆除することで、市民の安全が確保されるんです。そして何より、魔物がひしめく未開拓領域を開拓していくことで、人類の生活圏を広げていくことが冒険者の一番の使命でしょう」

「……」

確かに、リーナさんの言う通り、魔物と縁のない人からすれば、平原にいるスライムですら危険な存在だ。

そういう意味では、そんな弱い魔物を倒すための存在は必要だと……。

……俺は今まで、権力者たちの言いなりになりながら、言われるがままに魔物を倒してきた。

故に、市民の生活がどうとかは、考えたことすらなかったのだ。

うぅむ……これからは魔物を討伐していくことも視野に入れる必要があるのか……？

そんなことを思っていると、リーナさんは続ける。

「まあでも、9級に上がったからと言って10級の依頼が受けられなくなるわけではないですし、何より下級冒険者の間では討伐依頼は人気ですからね。すぐ取られてしまうので、受ける際は早い者勝ちに――――」

「なぁんだ！　薬草採取の依頼は継続的に受けられるんですね！　それならいいです！」

「えええええ……」

てっきり、昇格したらその級の依頼しか受けられないかと思った。

実際、中級冒険者からは、その等級専門の依頼が増えてくるので、下の等級の依頼が受けられるなんて考えたこともなかった。

まあ俺は、下の等級を受ける間もなく上の等級ばかり受注させられ続けたわけだが。

何はともあれ、これからも雑用依頼が受けられるようで安心した。

ウキウキ気分でいると、リーナさんはため息を吐く。

「……もういいです。それよりも、等級の変更を行いますので、冒険者証をお預かりいたします」

リーナさんに促される形で冒険者証を渡すと、あの謎の箱に再び俺の冒険者証を入れる。

それから少しして、９級と刻印された冒険者証が返却された。

「はい、お返しいたしますね。改めまして、９級への昇級、おめでとうございます」

「……ありがとうございます」

「あからさまに嫌そう⁉」

９級と刻印された部分を残念そうに見つめながら、俺はため息を吐いた。

はぁ……上がってしまったものはしょうがない。

ともかく大事なことは、雑用依頼が受けられることだ。

幸い、下級冒険者である８級から、中級冒険者の入り口である７級に昇級するには試験が存在する。

となると、それさえ受けなければ俺は下級冒険者のままでいられるわけだ。

等級が変わっても、変わらずに頑張るとしよう。

改めて気持ちを切り替えた俺は、そのまま掲示板に向かっていつも通り薬草採取の依頼書を手に取る。

そして、リーナさんに受け付けてもらうと、その依頼内容を見て、ため息をつかれるのだった。

＊＊＊

9級の昇級イベントからひと月が経過した。

このひと月で、残念なことに俺は8級へと昇級してしまっている。

とはいえ、試験さえ受けなければ7級へ昇級することはない。

あとはこのまま、8級で雑用依頼をこなすだけだ。

そんなことを考えつつ、協会に向かうと、すでに協会にいた冒険者たちから視線を向けられた。

すると、そんな冒険者の一人が怪訝そうな表情を浮かべる。

「なあ、何でアイツは皆から注目されてんだ？」

「ん？　ああ、【雑用係】か」

「【雑用係】？」

「お前知らねぇのか？　アイツ、8級に昇級したってのに、討伐依頼の一つも受けず、未だに雑用の依頼ばっかり受けてんだぜ」

「そうそう。皆早々に討伐依頼を受けて、すぐに昇級試験を受ける中、アイツだけずっと8級に留まってるんだよ」

「この前なんか、アイツより後に登録した新人冒険者が、7級に昇級したんだぜ？」

「マジかよ⁉」

「昇格する気もなければ、魔物と戦う素振りすら見せねぇ。一体、何がしたくて冒険者になったんだろうなぁ」

あちこちから聞こえてくるのは、俺に対する疑問の声。

ここ最近、俺に向けられるようになったものだ。

冒険者とは、やはり魔物と戦い、人類の生活圏を確保することこそ一番の目的としている。

というより、そういう考えの者が多い。

そんな中で、いつも雑用依頼ばかり受ける俺は、他の冒険者から見て、異質かつ臆病者に見えるんだろう。

とはいえ、俺はこのスタンスを崩すつもりはない。

結局上の等級に上がれば、冒険者の多くはその使命ではなく、金に動くようになる。

そして貴族や王族といった様々な権力者たちは、自身の見栄のために冒険者を私物化するようにもなり、そこに人類のためだなんて考えは一つもないのだ。

だが、それでも中級冒険者以上は魔物を狩ることが多いため、自然と人類のためになっている。

俺は周囲の視線を気にせず、掲示板の依頼書を確認すると、いつも通り薬草採取の依頼書を手に取り、受付にいたリーナさんの下に向かった。

「この依頼を頼む」

「はいはい、また薬草採取ですね。ブランさん、これ以外の依頼を受ける気はないんですか？」

「ん？　時々買い出しの代行や、物探しなんかはやってるだろう？」

「いえ、その、雑用依頼じゃなく、討伐依頼のことなんですけど……」

「そっちは受ける気はないな」

いくら討伐系依頼が人気とはいえ、毎回その依頼書を手にできないなんてことはない。だが、俺がやらなくても他の冒険者がしっかりと駆除してくれるのだ。わざわざ俺が動く必要もない。

それに比べ、雑用依頼はほとんど手付かずのままだ。

新しく登録する新人冒険者たちも、さっさと等級を上げ、討伐依頼に移行するからな。

なので、俺が雑用依頼を受けることで、滞っていた手付かずの依頼が片付いているわけだ。

「確かにブランさんのおかげで溜まっていた雑用依頼は片付いていますが、ここまで雑用依頼に固執しなくても……」

「楽しいからな」

「……雑用依頼が楽しいって言えるのはブランさんだけですよ」

リーナさんはそうため息を吐くと、少し真面目な表情を浮かべる。

「ですが、ブランさんが雑用依頼ばかり受けるせいで、他の皆さんから何て呼ばれてるのかご存じですか？」

「【雑用係】だろう？　いいじゃないか、ピッタリで」

「どうして嬉しそうなんですか……」

だって、俺と言えば雑用ってイメージがついた証拠だ。

それだけ俺が雑用依頼を頑張って来たのだ。

なので、純粋にその頑張りが認められてるようで嬉しい。

「もうブランさんの思考が分かりません……ただ、このままだと質の悪い冒険者に絡まれたりするかもしれませんよ？」

「その時はその時だな」

確かに、真面目に冒険者業で頑張ってる者からすれば、俺は鼻につく存在だろう。

もちろん、俺は俺で頑張っちゃいるが、何に重きを置くかは別の話で、価値観の違いだな。

俺が何を言われても気にしていないと痛感したリーナさんは、改めてため息を吐いた。

「……もういいです。ただそんなブランさんに、お願いしたいことがあるんです」

「ん？　お願い？　【雑用係】って呼ばれてる俺にか？」

「ええ。雑用係だからこそのお願いと言いますか……実は数日前、一人の女性が新人冒険者として登録したんです。それで10級冒険者として依頼を受け始めました」

「へぇ、いいじゃないか」

駆け出しの新人冒険者は、ここから上に昇格していくんだから。

すると、リーナさんは困った表情を浮かべた。

「それが、未だに10級の依頼を達成できていないんですよ」

「何？」

予想外の言葉に、俺は目を見開く。

なんせ、10級の依頼はそれこそ俺が【雑用係】と揶揄されてる通り、本当に雑用の依頼しかないのだ。

それがクリアできないとは……？

そんな俺の思考を読み取ったように、リーナさんは半目で俺を見た。

「……これ、ブランさんにも原因の一端があるんですよ」

「え？」

「ブランさんが雑用系の依頼を受けまくるせいで、その新人冒険者にいい依頼が回ってこないんですよ」

「ま、待て待て！　確かに、毎日受けられるだけ雑用依頼は受けちゃいるが、すべてじゃないぞ?」

「その残された依頼に問題があるんです。例えば残された依頼としては、猫探しとか……それに薬草採取も、報酬が高いもののヒリア草などに比べて見分けにくい種類の依頼ばかりが残ってますし」

「あー……」

そこまで言われて、俺は自分の行動を思い返してみた。

確かに言われた通り、俺は猫探しは気が向いた時や、他に街中で依頼がある時以外は受けていない。

そして、街中で行われる他の依頼としては、荷物の積み込みの手伝いだったり、特定の地域の清掃だったり、様々だ。

そしてこの前、その積み込み依頼の主な依頼主である商会は、その詰め込んだ荷物を持って商売に出かけたばかり。

街の清掃も同じく、定期的に俺がやっているので基本綺麗だ。

そして、俺がハマっているヒリア草採取も、常にそれが貼りだされているからこそ需要があるんだと思い、必ず受けるようにしていた。

実際、このヒリア草は回復薬の原料として使用されるため、軽い病気や怪我を治す場面で非常に使われている。

　他の種の薬草採取も受けるが、こちらは育毛効果があるとされる薬の材料だったり、魔力回復薬や、何らかの実験のための素材だったりと、ヒリア草に比べて優先順位が低いため、後回しにしていたのだ。

　その結果、ギルドの掲示板には、雑用依頼の中でも中々癖の強いものだけが残ったということになる。

「ブランさんは毎回高品質な状態ですべての薬草を採取してきますが、他の皆さんはそうじゃありません。猫探しだって、見つけられるかどうかも運の要素が強いので、かなり困ってるんですよ」

「……すみませんでした」

　俺が楽しいからと、考えなしに受け続けたせいだな。

　言い訳というわけじゃないが、昔はこんな風に俺が依頼を受けまくっても誰かを困らせることはなかったので、そこに考えが至らなかった。

　むしろ、本当に誰も受けなくて困ってるような高難易度の依頼だからこそ俺に回ってきていたので、そこら辺の心配はなかったのだ。

　俺が反省していると、リーナさんは慌てだす。

「あ、すみません！　少し愚痴っぽくなってしまいましたが、別にブランさんが悪いと言うわけではないんですよ。実際、雑用依頼は溜まりがちなので、こうして処理してくれる方がいるのは本当に助かるんです。ただ、ここまで雑用依頼に固執される方が未だかつていなかったものですから……」

「その、俺へのお願いというのは？」

　居心地の悪さを感じつつ、改めてそう訊くと、リーナさんは口を開いた。

「実は、ブランさんにその新人冒険者の指導をしてほしいんです」

「し、指導？　待ってくれ、俺は誰かに教えられるような存在じゃ……何より、討伐依頼を受けない冒険者なんだぞ？　他の冒険者を教えられるような立場じゃない」

「分かってます。先ほども言いましたが、雑用依頼をたくさん受けられているブランさんだからこそのお願いです」

　そう語るリーナさんの表情は真剣だった。

「何も、ブランさんには戦闘に関する指導は期待しておりません。そちらは別に、協会で行えますし」

　そりゃそうだ。俺なんざに聞けることなどないだろう。

「私がお願いしたいのは、雑用依頼に関して……特に、薬草採取の指導をしてもらいたいんです」

「薬草採取？」

「はい。ブランさんは毎回様々な薬草を、常に高品質で納品してくださるので、依頼主からも非常に喜ばれているんですよ。なので、その知識を少しでも新人冒険者に教えてくだされば と」

「ふむ……」

「……もちろん、タダでとは申しません。冒険者にとって、知識は財産ですから。なので、協会からの依頼として、報酬はお支払いいたします。なんでしたら、7級への昇格も――」

「お断りします」

「……は冗談として、中々の金額をお支払いできるかと思いますが、どうでしょうか?」

別に知識を教えることに抵抗はない。

というか、俺の持つ知識は、どこで手に入れたかすら不明なのだ。

そういう意味では、その出所不明の知識を他人に教えていいものかという不安はある。

だがしかし、今までその知識を使って採取し、今こうしてその知識を認められているのだから、間違ってはないだろう。

それに、教えるとしても俺が依頼で使ってる知識だけなら確実だ。

何より、俺のせいで他の新人冒険者に迷惑が掛かってるとなると、放置するわけにもいかない。

「その依頼、受けよう」

「本当ですか⁉　ありがとうございます！　今回は試験的なものなのですが、もしこれで薬草に関する知識を持つ冒険者が増えれば、皆さんが今後の冒険をする上で役に立てるはずです！」

確かに、薬草の知識は何も依頼のためだけじゃない。

ヒリア草だって、そのまま擦り潰して傷口に塗るだけで効果があるのだから、何かあった時の備えになるだろう。

こうしてリーナさんから……というより、協会から依頼を受けた俺は、改めてその新人冒険者を指導するため、明日の正午に協会に向かうことになるのだった。

＊＊＊

翌日。

約束の時間に受付に向かうと、青の長髪に同じく青の瞳を持つ一人の少女が、リーナさんの前に立っていた。

その少女は、まだ買ったばかりであろう剣と、革の鎧を身に付けている。

恐らくあの少女が、リーナさんの言っていた冒険者なのだろう。

すぐ二人の下に向かうと、リーナさんがこちらに気づいた。

「あ、ブランさん！　こちらの方です！」

「は、初めまして！　アリアと申します！　ほ、本日はよろしくお願いしますっ！」

アリアと名乗った少女は、誰が見てもガチガチに緊張しており、直角に頭を下げた。

「どうも、ブランだ。そんなに緊張しなくても大丈夫だよ」

「い、いえ！　先輩から教えていただくわけですから、これくらいは……！」

何と言うか、やる気に満ち溢れた子だな。

他の登録したての冒険者もこの子ぐらいにやる気に満ちているが、それはあくまで早く昇格し、魔物の討伐依頼を受けられるようになりたいといったものだ。

それに対してアリアは、今から地味だと言われる採取系依頼を受けるにもかかわらず、かなり気合が入っている。

俺が原因とは言え、この講習は別に受けなくても問題ないのだ。

しかし、アリアは自分の知識を増やすため、こうして参加した。

それだけでも、他の冒険者とは少し違ったやる気があることが見て取れる。

「それじゃあ早速だが、薬草採取に向かおうか」

「は、はい！　その、今回はどちらの薬草を教えていただけるんでしょうか……？」

「一応、メジャーどころのヒリア草を中心に採取しつつ、他の現状10級の依頼に掲示されていた薬草を見つけ次第、教えていけたらなと思っている」

「な、なるほど！」

俺の言葉にアリアは目を輝かせると、その様子を見ていたリーナが、優しく微笑んだ。

「それではブランさん、お願いしますね。アリアさん、頑張ってください！」

「はい！」

リーナと別れると、俺はアリアを連れ、ヒリア草が群生している平原へ向かうのだった。

平原に着くと、俺は早速アリアに問いかける。

「さて、ここが主に指定されてる薬草が取れる平原だな。パッと見ただけでも数種類の薬草が見えるんだが、分かるか？」

「す、すみません……ヒリア草だけは知っていたので、何となく分るんですけど、それ以外は……」

申し訳なさそうな表情を浮かべるアリアだが、何も気にする必要はない。

分からないことを学ぶために、ここにこうして講習を受けているんだからな。

それに、ヒリア草が見分けられるだけでも十分だ。

なんせ、ヒリア草も特徴を知ってなければその辺に生えている雑草にしか見えない。

それは他の薬草も同じで、むしろヒリア草以上に特徴が分かりにくく、知識がない人から見ると、雑草との違いさえ分からないだろう。

ひとまず俺は、足元に生えていたヒリア草を摘み取る。

「まずこれがヒリア草だ。見ての通り、二つに枝分かれした葉が特徴だな。採取する際は、根ごと引き抜かず、根本付近から摘み取り、保管する時は濡らした布なんかで包むと鮮度が保てるぞ。とはいえ、これはあくまでこの平原から街まで持ち帰る間の話で、何日も持ち運ぶってなると、また別の保管方法が必要になるから気を付けろよ」

「な、なるほど……ちなみに別の保管方法とは？」

「茎を水にさらすことだな。水属性の魔法が使えるならある程度持ち運べるとは思うが、ヒリア草の採取にそこまでするのもな……」

「た、確かにそうですね……」

　これが魔力が潤沢にあるってんなら話は別だが、そうじゃなくて、特に重要な依頼でもなければ、ヒリア草をそこまで必死に保管する必要はない。何ならそこら辺に生えてるんだしな。

「とはいえ、この保管方法は他の薬草にもある程度使えるから、覚えておけよ」

「はい！」

「あと……こいつも依頼で時々見るな」

　俺がそう言いながら指示したのは、周囲の雑草や薬草に比べ、葉の色が濃い植物だった。

　その濃い緑の葉を持つ植物は、葉全体がギザギザしている。

「これは【ルルク草】って薬草だ。主に魔力を回復させる効果がある」

「これが……今まで気にしたことがありませんでしたが、これも薬草なんですね」

まあ気にしなければ、こんなものただの雑草と変わりないしな。

「採取方法はヒリア草と同じだが、もしこのルルク草を使う時は注意が必要だ」

「注意？」

「そうだ。ヒリア草は回復薬の素材として使われるように、ヒリア草単体でも傷口に塗れば、止血効果がある。その際、ヒリア草をそのまま傷口に貼り付けてもいいし、より効果を出したければ、擦り潰したものを塗るのがいいんだ」

「なるほど……」

「そして、このルルク草だが、飲めば魔力を回復することができるんだ。ただし、その草のまま飲んでしまうと、腹を痛めることになる。だから、飲む時は一度沸騰したお湯に浸け、5分ほど放置してルルク草のエキスを煮出したモノを飲まなければならない」

　薬草系は大体素材そのままでも効果を発揮するが、時々ルルク草のように、ひと手間加えなければ逆に体調を壊すものも存在した。

　俺の説明を聞いたアリアは、神妙な面持ちで頷いた。

「気を付けます！」

「よし。ひとまず今回はヒリア草の採取だ。さっき言ったことを気を付けながら、やってみな」

「はい！」

アリアは元気よく返事をすると、そのまま平原に点在するヒリア草を採取していく。

こうして無事、ヒリア草を採取できたアリアは、初めて依頼を達成することができたのだった。

＊＊＊

無事、アリアの依頼が完了した頃。

リレイト王国のクレットに隣接する【魔の森】。

そこは植物系や虫系の強力な魔物が数多く存在し、世界的に見ても有数の危険地帯の一つとなっていた。

何よりこの地には、かつて世界を恐怖に陥れた魔王の一人……【第三の魔王】が眠っていると言われている。

【魔の森】に存在する魔物のほとんどは、【第三の魔王】の眷属だと考えられていた。

そんな危険地帯だが、これでも危険地帯の中では安全な方だった。

というのも、人類共通の敵である魔王だが、珍しく【第三の魔王】は昔から人間に対して敵対行動をとることがほとんどなく、人間側から見ても穏健派として知られている。

そして、それを証明するかのように、【魔の森】から魔物が出てくることはほとんどなく、自身の足で踏み入らなければ危険は少ない。

しかも、【魔の森】は貴重な薬草がたくさん生えており、人間にとっては宝の山とも言える土地だった。

とはいえ、魔王であることに変わりはなく、人間たちの中にはこれも魔王の策略の一つで、油断したところで襲いかかって来るのではという考えもあった。

故に、【魔の森】に一番近いクレットでは、街の規模に反して駐在する兵士が多かった。

――――そんな【魔の森】の最奥。


『――――この気配は、【第六の魔王】……？』


あらゆる植物によって形作られた揺り籠のような場所で、【第三の魔王】――ナチュルは静かに目を覚ました。

ナチュルは様々な植物をまるで衣服のように身に纏う人型で、体全体がどこか薄く透けている。

目を覚ましたナチュルは、【魔の森】の外で感じ取った気配を探し、意識を広範囲に広げた。

そして、先ほどの感覚が気のせいではなかったと気づくと、険しい表情を浮かべる。

『そんな馬鹿な……アイツは僕らが倒したはず……』

――【第六の魔王】。

それはかつて、五人の魔王が協力し、倒した本来生まれるはずのなかった魔王。

眷属を一切持たず、ただすべてを滅ぼしていく破壊の化身。

その魔王の気配を、ナチュルは感じ取ったのだ。

『……いや、あり得ない。もし本当に生きているんだとしたら、今頃この森も消えているだろう……』

人類から恐れられる【第三の魔王】でさえ、【第六の魔王】は脅威と認識している。

ナチュルは立ち上がると、ゆっくりと手を前にかざす。

『――起きよ』

その一言を告げた瞬間、ナチュルの眼前の地面が、激しく動き始めた。

地面はそのまま盛り上がると、徐々に人の姿を形成していく。

さらに、周囲に生えている木々から、次々と木の蔓が伸びてくると、人型の土に絡まりだした。

さらにその身体を周囲の岩や鉱石が覆いつくし、最終的に5メートルは超える巨大な存在へと変貌する。

たった今、ナチュルが生み出した存在は、人間たちの間では【タイラント・ゴーレム】と呼ばれる、3級に指定される魔物だった。

3級の魔物は、たった一体だけでも都市を壊滅させる力を持っており、倒すには同ランクの冒険者一人か、少なくとも五人以上の4級冒険者が必要だった。

――――そんなタイラント・ゴーレムが、ナチュルの眼前に三体も生成された。

『……これでよし。もし本当に【第六の魔王】なのだとしたら、こいつらなんかじゃ足止めにもならないけど、放置するわけにもいかないしね……』

ナチュルはため息を吐くと、そのまま首を傾げた。

『それにしても、気配が消えていった方向には人間どもの街があったはず……一体、何が起きているんだ……？』

目覚めたばかりのナチュルは、【第六の魔王】の復活を警戒し、少しずつ戦力を整えていくのだった。

第三章

異変

アリアに薬草の知識を教えてから数日。

彼女は順調に依頼をこなしていき、9級へと昇級している。

そんなアリアだが、他の9級冒険者がこぞって討伐依頼を受ける中、討伐依頼だけでなく、雑用依頼もこなしていた。

そして現在、アリアに依頼を一緒に受けないかと持ちかけられ、共同で依頼を受けていた。

「う〜ん……こっちにはありませんねぇ……」

「俺の方も見当たらないな」

俺たちが受けたのは、【魔の森】にある木になっているという【オレムの実】の採取だ。

最初、アリアに依頼の話を持ち掛けられた際、討伐依頼だと思っていた。

実際、パーティを組んで戦闘する方が安全性は高いからな。

何より採取を協力して行う必要はあまりない。

だが、アリアはこの依頼を持ってきたので、俺は快く承諾した。

今までは平原に生えてる薬草を中心に採取していたので、【魔の森】に足を踏み入れるのは初めてだ。

今回の依頼であるオレムの実は、【魔の森】の中でも浅い部分に生えている木になってるらしい。

とはいえ、【魔の森】が危険であることに変わりはなく、魔物の襲撃には気を付ける必要があるだろう。

そんなことを考えていると、魔物の気配を察知した。

そちらに視線を向けると、そこには2メートルほどの蛇の魔物……【フォレスト・スネーク】が、アリアの近くにある木の上から、飛びかかるタイミングを見計らっているのが見えた。

「アリア、魔物だぞ」

「え？　あ！」

フォレスト・スネークに気づいていないアリアにそう注意してやると、アリアはすぐに臨戦態勢になる。

それに一瞬遅れて、フォレスト・スネークが飛びかかって来た。

「『ウォーターボール』！」

「シャアアア⁉」

アリアはすぐに魔法を唱えると、目の前に水の塊を生み出し、そのままフォレスト・スネークにぶつけた。

フォレスト・スネークはその衝撃により、そのまま地に落ちると、ダメージによって動きが鈍る。

「やあっ！」

そして、その隙を逃さず、アリアは腰に下げた剣を抜き放ち、フォレスト・スネークの首を切断した。

フォレスト・スネークを倒したことで一息つくと、アリアはこちらに笑みを向ける。

「ふぅ……ブランさん、ありがとうございます！」

「いや。それにしても、中々の剣の腕だな」

フォレスト・スネークは８級の魔物で、毒を持っているわけでもないため、そこまで強い魔物ではない。

だが、鱗は硬く、斬るのにはそれなりの力が必要だった。

そんなフォレスト・スネークの鱗を断ち切り、そのまま首を落として見せたアリアの剣の腕は、９級冒険者にしてはかなりすごいだろう。

「そ、そうですか？　一応、冒険者になるために特訓してましたから……」

「へぇ……昔から冒険者を目指してたのか」

冒険者はその性質上、戦うことさえできれば、なることができる。

それはつまり、まともに働くことができないゴロツキのような連中でさえ簡単に登録できることを意味する。

命の危険はあるものの、冒険者になること自体は非常に簡単なのである。

それ故に、この冒険者というものを最初から目指して訓練している者は少ない。

訓練せずともなれるからな。

むしろ、幼少期から剣の訓練などをする者は、大体騎士を目指したりすることが多かった。

すると、アリアは照れ臭そうに笑う。

「はい。……実は三年前……私が住んでいた街を、あの黒龍が襲ったんです」

「え？」

予想外の言葉に、俺は目を見開く。

黒龍って……あの黒龍だよな？

驚く俺をよそに、アリアは続けた。

「国の兵士たちも必死に戦いましたが、黒龍は強くて……街は崩壊し、大混乱に陥りました。当時の私は、母親とはぐれ、ただ泣くことしかできなかったんです。そして、もうダメかと思った時、あの方……【黒帝】様が現れたんです！」

「……」

「【黒帝】様は颯爽と現れると、黒龍の一撃を防ぐどころか、街全体を癒す魔法を使ったんですよ！　さらに、あれだけ恐ろしかった黒龍を、凄まじい魔法であっという間に倒してしまい……私は、【黒帝】様のおかげで生き残ることができたんです。そして私は、そんなあの方に憧れ、いつか私も、皆を護れるような冒険者になりたいって……ブランさん、どうしました？」

「な、何でもないぞ、うん」

アリアの話を聞いていた俺は、冷や汗を流していた。

そんな風に思われてたのか……。

あの時はただ、黒龍を倒して師匠の宿題を終わらせることしか頭になかった。

街を護ったのも、被害が出れば協会の上層部や各国の貴族どもがうるさいため、それらを黙らせるためにも必要なことだったのだ。

まさかそんな俺の行動で、こうして冒険者に憧れる者が出てくるとは……。

「ともかく、【黒帝】様に憧れて、冒険者になったんですよ」

「ということは、いずれは0級を目指してるのか？」

「そうですね……もちろん、【黒帝】様のように、0級になれればいいですけど……0級なんて夢のまた夢ですから。今はただ、目の前の依頼に全力で取り込んで、少しずつ昇級していくだけです！　なので、たとえ0級になれなくても、皆から頼りにされて、多くの人を護れるような冒険者を目指してるんですよ」

そう語るアリアの目は、とても輝いて見えた。

確かに、0級冒険者となると、かなり険しい道のりだろう。

アリアがどれほどの才能が有るのかは分からないが、少なくとも冒険者を目指して三年にしては、剣の腕は上等だ。

俺の師匠のように、ちゃんとした人の下で指導を受ければ、化ける可能性もあるだろうな。

そんなことを考えていると、アリアが何かに気づく。

「あ、あれ見てください！　もしかして、あれがオレムの実じゃないですか？」

アリアの示した方には、橙色の木の実がなる木が。

近づいて一つ採取すると、それはオレムの実で間違いなかった。

「うん、これで間違いないな」

「よかったです！　このオレムの実も、採取する際に気を付けることとかってあるんですか？」

「いや、採取自体はそこまで気を遣うようなこともないが……気にするとしたら、他の果物と同じように、あまり実を傷めないようにすることだろうな」

「なるほど！　ひとまず採取しちゃいますね」

どこか楽し気な様子でオレムの実を採取するアリア。

それに続いて俺もオレムの実を採取していると、不意に森の奥地から強い気配を感じた。

「っ！」

……何だ？　この気配……。

それは濃密な魔力の波動で、俺が倒した黒龍すら軽く凌ぐほどのものだった。

確か、ここには【第三の魔王】が眠ってると聞いているが……本当だったのか？

それぞれの魔王が姿を消して、すでに数百年が経過している。

そのため、本当に魔王が存在したのか、またはどこに消えていったのかは定かではなかった。

とはいえ、今存在している魔物は、魔王が生み出した魔物が繁殖して生まれた物がほとんどだろう。

もしくは魔王が、姿を隠した状態で魔物を生み出し、密かに戦力を増やしている可能性もあるな。

俺が森の奥に意識を向けていると、採取を終えたアリアが首を傾げる。

「ブランさん、どうかしましたか？」

「……いや、何でもない」

確かに濃密な魔力を感じたが、そこに殺意は感じられなかった。

とはいえ、あまり長居して何かあっても困る。

「ひとまず帰るとするか」

「はい！」

俺は森を警戒しつつ、何とか無事に協会へと帰還するのだった。

＊＊＊

アリアとの共同依頼から数日。

俺はまた新たな雑用依頼を受けていた。

「ここか」

俺の目の前には、鮮やかな橙色のオレンジアがたくさん実った、果樹園が広がっていた。

どれも非常に美味しそうで、ここまで柑橘系の爽やかな香りが漂っている。

そう、今回俺が受けた依頼とは、この果樹園の収穫の手伝いだった。

果樹園に足を踏み入れると、早速収穫をしている男性の姿が。

「すみません！　冒険者ギルドの依頼で来ました！」

「おお、受けてくれたんだね！」

作業の手を止め、俺の下にやって来たのは、どこか人が好さそうな中年の男性。

男性は朗らかな笑みを浮かべつつ、手を差し出した。

「僕はこの果樹園を運営してるマイクだ」

マイクさんの手を握り返しつつ、俺も自己紹介をする。

「ブランです。依頼は、こちらで収穫の手伝いとのことでしたが……」

「うん、そうだね。見ての通り、ウチはかなり広いんだけど、僕らで収穫するには時間がかかり過ぎてね」

よく見ると、他にも作業員らしき人たちの姿が見えるが、確かにこの広さを考えると人数が少なかった。

「だからギルドでお願いしてたんだけど……やっぱり全然受けてくれなくてさ」

やはりと言うか、この依頼も人気がなかったようだ。

俺としては、もっと広く経験した方がいいと思うんだがな。

「まあいいや。早速ブラン君にも手伝ってもらおうと思うんだけど、収穫はしたことあるかい？」

「いいえ、オレンジアは初めてです。ただ、オレムの実は依頼で何度か収穫してます」

「そうかそうか！　それなら大丈夫だね。基本的にはオレムの実と一緒だからさ。実を傷つけないように収穫してくれればそれでいいから」

「分かりました。あ、収穫していい実と、そうじゃない実の違いは？」

「大体収穫して大丈夫だと思うけど……あ、これを見て」

そう言ってマイクさんに見せられたのは、他に比べ、黄色み強いオレンジアだった。

「こういう色のオレンジアはまだ熟してないから、収穫しないでもらえると助かるかな。でも、間違って収穫しても特に問題ないよ！」

「分かりました」

「それじゃあ、このナイフと籠を使ってね」

俺はマイクさんから道具を受け取ると、早速収穫を始めることにした。

最初はオレムの実と同じように収穫してみると、オレムの実より少し茎が硬いことに気づいた。

「なるほど、オレンジアはこんな感じなんだな」

収穫したオレンジアは、橙色に輝き、とても美味しそうである。

「店で並んでるのは何回も目にしていたが、こうして自分で収穫するとまた違うな」

そんなことを考えながら、改めて収穫に集中していった。

こうして何時間も集中して収穫を続けていたが、ふと顔を上げたところで、まだまだ広がる果樹園に目を見開く。

「おお……これは何日かかるんだ……？」

荷運びも場合によっては日を跨ぐこともあるが、それでも二日が限度だろう。

しかし、この収穫に関しては、とても一日や二日で終わるような広さじゃなかった。

「このまま普通に収穫していると、とんでもない時間がかかるな……」

そう考えれば、ますますこの依頼が人気がないのも頷ける。

拘束時間が長ければ、それだけ他の依頼を受けることができず、昇級から遠のくからだ。

俺は昇級を狙っているわけじゃないので、拘束時間は気にしていないが、それでも早く済ませられるならそれに越したことはない。

「少し試してみるか」

俺はナイフを構え直すと、腕を素早く振るう。

そして、オレンジアの茎だけを的確に狙い、すべて斬り落とした。

こうして茎を斬られたオレンジアは、どんどん落下していく。

「フッ！」

それを地面に落とさないよう、一つ一つ素早くキャッチしては、俺は籠に入れていった。

「よし、これの方が何倍も速いな」

今まで一つ一つ収穫していたが、それではいくら時間があっても足りない。

それに、今まで丁寧に収穫してきたからこそ、茎の硬さも位置も把握できたため、今のような方法で収穫できるようになったのだ。

早速、この新しい方法で収穫を続けていると、俺の様子をマイクさんが見に来た。

「ブラン君！　どんな感じ――――うぇえ⁉」

「あ、マイクさん！　今、新しい方法で収穫をしているところです！」

ひとまず見てもらった方が早いと思った俺は、再びナイフを振るうと、一瞬にしてその木になっていたオレンジアの茎をすべて斬った。

そして落ちてくるオレンジアを、傷つけないよう注意しながらすべて回収する。

「こんな感じです。どうでしょう？」

「ど、どうでしょうって……」

マイクさんは俺が収穫したオレンジアを一つ一つ確認し、目を見開いた。

「す、すごい……的確に茎だけ斬っていて、実には傷一つないぞ……ど、どうしてさっきみたいな収穫の仕方を？」

「この方法なら早く終わりそうだなと」

実際、この方法ならすぐに終わるだろう。

ただ、流石にマイクさんたちは同じことはできないので、俺が頑張るしかないが。

驚くマイクさんをよそに、俺は次々と収穫していく。

だが、やはり一日では終わることができず、最終的に二日かけてすべての収穫を終えることができた。

「すごい、すごいよ、ブラン君！　君のおかげでとんでもない速さで収穫が終わったよ！」

「お役に立てて、よかったです」

「役に立つなんてもんじゃないよ！　どうだい、ブラン君！　今すぐにでもウチで働かないかい⁉」

まさか、ベルモさんに続いてマイクさんからもお誘いを受けるとは思いもせず、俺は目を見開いた。

「えっと……そう言ってもらえるのは嬉しいんですけど、まだ冒険者を続けたいので……」

「そんなぁ……じゃ、じゃあ、また依頼を受けてくれるかな⁉」

「それはもちろん！」

こうしてマイクさんからとても喜ばれつつ、収穫の依頼を無事に完了させるのだった。

＊＊＊

収穫の依頼から数日。

俺は普段通り雑用の依頼をこなしながら過ごしていたが、ふと昔と同じように働き詰めであることに気づき、休むことにした。

そこで改めて街を見回る意味も兼ねて、散歩に出かける。

「こういうのもいいな」

俺はあてもなく街を散策しながら、そう呟いた。

昔こそ、色々な国を巡り、様々な土地を転々としては依頼をこなしてきた。

しかし、当時はあくまで依頼のためにその土地に向かうだけという感覚が強く、今のように街を見て回るなんてことは一度もなかった。

……今思うともったいなかったな。

国ごとにそれぞれの文化があり、それらを体験できたかもしれないのに、俺は依頼に追われるだけで、見向きもしなかった。

「まあいい。これからゆっくり経験していこう」

今はまだ【黒帝】の名は世界に残っている。

だがその名もいずれは廃れ、忘れられていくはずだ。

そうなれば、魔力のことも気にせず、もっと堂々と世界を見て回ることもできるだろう。

もちろんそのためには、魔王の領域を解放する必要もあるが……。

何にせよ、その時に向けて、俺は雑用をこなしていくだけだ。

そんなことを考えながら歩いていると、不意に声をかけられる。

「お、ブランじゃねぇか！」

「トムさん！」

声をかけてきたのは、街で焼き鳥の屋台をやっているトムさんだった。

「どうした？　今日も依頼か？」

「いや、今日は休みにしたんだ」

そう答えると、トムさんは一瞬目を見開き、笑った。

「そうかそうか。確かにお前さん、働きっぱなしだったもんなぁ。休むのは大事だ」

「やっぱり働きっぱなしに見えたんだ？」

「おう。毎日毎日平原に向かっちゃあ薬草を取ってきたり、街の連中の手伝いなんかであちこち駆けずり回ってたろ」

「そう言われるとそうか……」

あまり動き回ってるという意識はなかったが、周りから見ても俺はかなり働いているように見えたようだ。

「俺としては、そんなに苦労してるつもりはないんだけどな」

「……そこは流石冒険者って感じか。体力があるんだな。とはいえ、休める時に休むのは大事だぞ。だから、こうして休んでるって聞いて安心したよ」

「気を付けるよ」

昔のように、働き続ける必要はない。

トムさんの言う通り、これからは定期的に休むことにしよう。

そんなことを考えていると、トムさんはしみじみと続ける。

「それにしても……お前さんが来てから、ずいぶんと街の連中は助けられたんだぜ？」

「え？」

予想外の言葉に驚く。

「何驚いてんだ？　お前さん、俺たちが出す依頼をこなしてくれるじゃねぇか。昔は薬草もちょいちょい品切れなんてこともあったが、お前さんが定期的に採取してくれるおかげで回復薬の備蓄も増えたし、とても助かってる。ありがとよ」

確かに、俺は薬草採取などは街の人たちにとって大切だと知っている。

だが、やはり雑用という側面が強く、こうして直接お礼を言われるとは思いもしなかったのだ。

するとトムさんはどこか呆れた様子でため息を吐いた。

「はぁ……他の連中ももう少し俺たちの依頼を受けてくれればいいんだがなぁ」

他の冒険者は、昇級と報酬金の兼ね合いで、どうしても討伐系の依頼ばかりを受けがちだ。

というのも、討伐系の依頼はギルドやどこかの研究機関、そして貴族などからの依頼が多いため、街の人の依頼に比べ、どうしても報酬がいい。

その結果、街の人の依頼……つまり、雑用に分類されるものは、避けられてしまうのだ。

ただ、これればかりは今すぐに意識を変えていけるとは思わない。

それぞれの生活もあるだろうし、考え方も色々だからな。

そんなことを考えていると、トムさんが焼いていた焼き鳥を一本差し出してきた。

「ほら、持ってきな」

「え、いいんですか?」

「おう！　お前さんには俺も世話になったしな。いや、この街に住んでる連中なら、大概お前の世話になっただろうよ。だから、これは一つのお礼だ。また、俺たちの依頼を受けてくれよ」

「……分かりました。焼き鳥、ありがとうございます」

俺はそう言うと、焼き鳥を受け取りつつ、トムさんの下を後にした。

そのまま焼き鳥を頬張ると、程よい弾力の後、肉汁とトムさん特製のタレがうまく絡まり、口に広がった。

「美味い」

その味に俺は満足しつつ、昔のことを思い返した。

……思えば、【黒帝】時代は飯すらも満足にしてこなかったな。

当時はただ栄養が補給できればいいという考えで、味なんて気にしたこともなかった。

考えれば考えるほど、昔の俺は死んだように生きていたんだなと強く実感する。

あの当時はただ言われるがままに依頼をこなすだけで、俺の意思なんてものは何一つなかったからな。

そう思うと、こうして意思というか……感情が芽生えたというのはいいことだろう。

そこまで面倒を見てくれた師匠にも本当に感謝だ。

あの人が俺の感情を呼び起こすために、冒険者にしてくれた。

そのおかげで今の俺があるんだからな。

そんなことを考えながら歩いていると、トムさん以外にも次々と街の人が声をかけてくる。

「あら、ブランじゃない！　ほら、これ持って行きな！」

「この間は助かったよ！　また依頼を受けてくれ！」

「今日は休みなのか？　それじゃあこれでも食べて、ゆっくりしろよ！」

会う人のほとんどが、俺に野菜やら雑貨などを渡してくれた。

タダでもらうのは悪いので断ろうとするも、街の人たちは遠慮するなと言ってくる。

これは、昔とは違い、街の人と繋がりができたからこそだ。

俺は街の人たちに感謝しつつ、散策していると、ふと視界にとあるお店が目に入った。

「あそこは……」

そこは花屋さんで、様々な花が店頭に並んでいる。

ただ、花以外にも野菜の種なども売っているようだった。

「そうだ、買った家には庭もあったし、家庭菜園でもしてみるかな」

それこそ少し前にマイクさんのところで収穫の手伝いをしたばかりだ。

自分の家で育てて、それを収穫するのも楽しいだろう。

早速花屋さんに近づくと、従業員が応対してくれる。

「いらっしゃいませ！　何かお探しですか？」

「その…家庭菜園をしてみようと思うんですけど……」

「なるほど！　でしたら、こちらのトマルートなどはどうでしょう？」

そう言って見せられたのは、赤色の丸い野菜だった。

このトマルートは栄養価が高く、瑞々しい食感が特徴的だ。

「トマルートは初心者にオススメですよ」

「それじゃあ、これをお願いします」

他にもいくつかの野菜の種や、花の種を勧められ、せっかくなのですべて購入する。

そして、すぐに家に帰ると、俺は買ってきた種を植えていった。

「今回買った種は、細かい手入れが必要ないんだったな」

水やりも毎日しなくても大丈夫らしく、本当に初心者向きだ。

初めての水やりを終え、満足した俺は、そのまま風呂に入ると、休日らしく、体の疲れをゆっくりと癒していくのだった。

＊＊＊

ゆっくり休めた次の日。

あの森での気配が忘れられず、再び【魔の森】にあるオレムの実の採取依頼を受けることにした俺は、依頼書を手にリーナさんの下に向かった。

「……はい、手続きが完了しました。相変わらず採取依頼ばかりですね……」

「別にいいだろ？」

「まあそうですけど……あ、そう言えば、少し前にアリアさんも同じ依頼を受けましたよ」

「そうなのか？」

「もしかすると、ばったり会えるかもしれませんね。何はともあれ、【魔の森】は平原に比べて非常に危険ですから、お気をつけくださいね」

「ありがとう」

俺はリーナさんに別れを告げ、そのまま【魔の森】へと向かうのだった。

＊＊＊

「まったく、ブランさんは……」

私――――リーナは、去っていくブランさんの背中を眺めながらため息を吐いた。

ひと月前、ふらっと現れて冒険者登録をしたブランさん。

彼に対する第一印象は、申し訳ないがどこか覇気のない人物だなというものだった。

ぼさぼさの黒髪に、生気の宿らない蒼い瞳。

顔立ち自体は整っているような気がするのだが、いかんせんその雰囲気のせいですべてが台無しだった。

そんな彼は、このクレットで登録した冒険者の中で一番の変わり者と言えた。

誰もが嫌がる雑用依頼を、積極的に受けていき、それを楽しんでいるのだ。

普通、冒険者は受けられる依頼を増やすためにも、積極的に昇級していく。

何より、上位の冒険者であればあるほど、国や協会から受けられる待遇がよくなっていくのだ。

それだけ上級冒険者という戦力は絶大で、1級冒険者など、国がこぞって引き込むのに必死になるほど。

それより上の0級冒険者に至っては、たった一人の存在が国力を大きく左右するほどなのだ。

昔起きた戦争などでは、0級冒険者が加担した国が圧勝してしまうほど。

今は協会の方針で戦争への参加は基本認められていないが、それだけ上級冒険者は凄まじい力を持っていた。

故に、多くの国はそんな冒険者を積極的に招こうと冒険者を優遇する政策を打ち出しているため、協会に所属している冒険者はその地位を目指すのだ。

……そういう意味では、三年前、あの0級冒険者の黒帝が引退したというニュースは、本当に衝撃的だった。

年齢など公開されていないが、まだまだ若いはずの黒帝が、あっさりとその地位を捨てたのだ。

まあ私たちには分からない、0級冒険者としての苦悩があったのかもしれない。

それはともかく、周囲が少しでも早く上位の冒険者になれるように努力する中、彼はそんな他の冒険者など気にも留めず、ただ自分の満足する等級に留まり続けている。

こちらがどれだけ昇級を促しても、頑なにそれを拒絶するのだ。

あの人、8級になることすら嫌がってたもんね……。

その時のことを思い出し苦笑いを浮かべていると、同じ受付を担当しているレナさんが声をかけてきた。

「そんな苦笑いして、どうしたのよ?」

「あ、レナさん!」

「もしかして、例の彼?」

レナさんは、私がブランさんの担当をしていることを知っていた。

……ただ本来、受付が冒険者の担当につくという規則はない。

いや、上級冒険者になれば、個別に受付が担当するとは聞いたことがあるが、少なくとも8級のブランさんにそれはない。

だが、何だかんだ彼の依頼は毎回私が担当していた。

「そうですね」

「また雑用依頼を受けたの?」

「そうなんですよ。一応、【魔の森】のオレムの実の採取なので、普段の採取依頼よりは難度が上がってますが……」

「でも結局、討伐じゃなくて採取なのねぇ」

　そう、やはり彼は採取依頼のような、雑用依頼ばかり受ける。

　もちろん、等級の高い依頼の中に、採取依頼もあるが、そこまで来ると、採取場所が非常に危険だったりするため、雑用という範疇には収まらない。

　せめてブランさんも等級を上げて、より難しい採取依頼を受ければ周りからバカにされることもないのに……。

「まあ彼、見るからにやる気なさそうだもんねぇ」

「そ、そんなこと言っちゃダメですよ！」

「でも皆思ってるでしょ？　冒険者だから、身だしなみがどうこうって関係ないかもしれないけど、いつも髪はボサボサだし、覇気はないし……やっぱり冒険者なら、もっと向上心がないと。そういう意味でも、彼は候補から外れるわね」

「候補ですか？」

「あれよ、恋人候補」

「ああ……」

　レナさんの言葉で、私は受付嬢の間でよく上っている話題を思い出した。

　それは結婚するならどの冒険者がいいかというもの。

　というのも、受付と冒険者が恋仲に発展し、そのまま結婚することは非常に多い。

　それだけこの二つの職は、顔を合わせる機会が多いのだ。

そして、受付嬢としては将来有望な冒険者を捕まえられれば、貴族とまではいかなくとも、悠々自適な生活を送ることができる。

そのため、自分のパートナーを探すために受付嬢になる人も多かった。

「候補と言えば、最近6級に昇級したアレンなんかは顔もいいし、将来有望そうよねぇ。あとはやっぱり3級冒険者のケビン！　たった一人で3級にまで上り詰めた実力に、イケメンでその上貴族の血筋らしいじゃない。これ以上ない優良物件よねぇ」

「は、はぁ……」

「でもアレンはもうここから別の場所に拠点を移すって話だし、ケビンに至ってはまずお目にかかることすら難しいし……本当に世知辛いわねぇ」

確かにアレンさんはこのクレット支部で登録した冒険者の中でも優秀で、このままいけば上級も目じゃないと言われている。

私も何度か受付で対応したが、どこか粗野な方が多い中で、非常に物腰の柔らかい青年だった。

ただ、私はレナさんのような目で冒険者のことを見ていなかったため、話は新鮮だった。

「そう言えば、リーナとはそういう話、したことなかったわね。誰か狙ってる人とかいないの？」

「ええ!?」

「やっぱり狙うなら上級冒険者？　でも上級冒険者は皆狙ってるし、一番は将来有望そうな下級冒険者や中級冒険者に目を付けることだけど、この小さいクレットじゃ中々見つからないわよねぇ」

レナさんは次々と語っていき、私はつい圧倒された。

う、うーん……そんな風に考えたことないんだけど、この感じだと答えるまで逃してくれなさそうだよね……。

「それで、どうなのよ？」

「そう、ですね……もし選ぶなら、下級冒険者の方がいいですね」

「あら、そうなの？　じゃあ将来有望そうな子を捕まえるって感じかー」

「い、いえ！　そうじゃなくてですね……結婚するのであれば、あまり危険なことはしてほしくないなぁって……」

「えぇー？　でもそれだと、お金が稼げないでしょ？」

身もふたもないレナさんの言葉に、私は苦笑いを浮かべた。

「確かに裕福な生活はできないかもしれませんが、私も働き続けたいですし、それよりも一緒に暮らせることの方が大切ですから」

冒険者は確かに稼ぐことができる。

だが、それに見合うだけの危険な仕事なのだ。

……私の父親も冒険者だったが、結局依頼の途中で亡くなってしまった。

だからこそ、稼げなくてもいいから、一緒に過ごしたいと思っていたのだ。

「ふぅん……変わってるわねぇ」

「そ、そうですかね？」

「変わってるわよ。でもそうなると、中々難しいんじゃない？　基本的に冒険者って危険な仕事だし……いや、噂の彼だったらそんな心配もないかもしれないけどさ」

「ブランさんのことですか？」

「そ。今の話を聞いてたら、リーナの理想に一番近いわよね。でも、彼みたいな将来性のない男はやめておきなさいよ？　雑用係とか以前に、見た目から頼りなさそうだし」

「あははは……」

あまりにもはっきりとした物言いに、私は苦笑いを浮かべることしかできなかった。

……そんなこんなでレナさんと会話した後。

いつも通り他の冒険者の依頼手続きをしたりして過ごしていると、突然協会の扉が勢いよく開けられた。

「た、大変だ！」

息も絶え絶えになりながら必死の形相でそう叫ぶ一人の冒険者。

唐突な状況に皆が唖然としていると、一人の冒険者が声をかけた。

「おいおい、どうしたんだよ？」

「ま、【魔の森】で……タイラント・ゴーレムが出たんだよッ！」

『なっ⁉』

冒険者が叫んだ魔物の名前に、他の冒険者たちは目を丸くした。

「お前、まさか森の奥に行ったのか？」

「違う！　森の浅い場所で出たんだ！」

「何⁉」

それは、非常事態だった。

今まであの森は、危険とはいえタイラント・ゴーレムのような凶悪な魔物は奥地に向かわなければ見かけることすらなかった。

それどころか、４級以上の魔物は奥地ですら見たという話は聞かない。

だが今回、この冒険者は３級のタイラント・ゴーレムが出たというのだ。

何より一番不味いのが、そんな危険な魔物が森の浅い場所で出たと言うこと。

もしこれが事実であれば、とんでもないことになる。

今まであり得なかった魔物の氾濫が起きるかもしれないのだ。

「へ、兵士たちに連絡は⁉」

「すでにしてある！　だが、あんな数のタイラント・ゴーレムを倒すなんて……」

「ちょ、ちょっと待て！　タイラント・ゴーレムは一体じゃないのか!?」

「三体出たんだよ……！」

その言葉に、皆が絶句した。

たった一体だけでも危険極まりないタイラント・ゴーレムが、三体。

小国程度であれば、その三体で落とせるほどの戦力である。

そしてこのリレイト王国は、そんな小国と言えるだろう。

「3級以上の冒険者は!?」

「いるわけねぇだろ、こんな小さい街に……」

確かに【魔の森】は様々な資源が豊富だが、上級冒険者からすれば、旨味の少ない土地だった。

というのも、手に入る素材は基本的に植物系で、魔物に関しても植物系か、虫系の魔物ばかりで、装備の強化に繋がるような素材が手に入る魔物も出現しない。

何よりこの街……いや、この国には【ダンジョン】がなかった。

ダンジョンとは、遥か昔、神々と魔王の戦争において、神々が人類を強化するために生み出した、一種の修練場だった。

ダンジョンでは、魔王の眷属である魔物を再現して生み出すことができ、その魔物を倒すことで、様々なアイテムを入手することができる。

ただダンジョンの魔物は、地上の魔物を倒すのと違い、その魔物から得られる素材は入手できない。

それでも、元々神々が用意した修練場だからか、ダンジョンで魔物を倒せば、倒した人間の魔力や身体能力が向上する効果があった。

こうして神々は魔王の眷属に対応するため、人類を鍛え、戦力にしたのだ。

ちなみに神々は無から生まれ、この星に人類を生み出したと言われている。

そんな神々に対抗するように、星が意思を持つと、人類の敵となる魔王を生み出し、魔王は魔物を生み出した。

つまり、魔王はこの星の意思が生み出した存在だったのだ。

そんな神々と星による長きにわたる戦いは、両者の共倒れで終焉を迎える。

神々と星の意思が消滅したのだ。

しかし、神々が生み出した人類と魔王たちは残った。

さらに、神々と星の戦いによる遺産として、ダンジョンも残り、今もなお人類の修練場として機能していた。

故に、上級冒険者は、自身の戦力を整えるためにも、ダンジョンに潜り、そこで得たアイテムを使い、様々な依頼をこなしていくのだ。

だからこそ、ダンジョンがないこの地に、上級冒険者が集まることはほとんどない。

……何より、今まで【魔の森】が危険度の割に安全だったことも、強い冒険者が集まらなかった大きな要因の一つと言えるだろう。

とはいえ、協会が何もしないわけにはいかない。


「――――緊急依頼だ！」


協会での騒ぎを聞きつけ、このクレット支部の支部長であるオーグさんが姿を現した。

オーグさんは元４級冒険者で、現在は一線を退き、こうして協会の支部長にまで上り詰めた御仁だった。

そんなオーグさんが、冒険者時代に鍛えた巨体を活かし、協会全体に聞こえるように声を張り上げる。

「８級以下の冒険者は、森に近づくなよ！　また、７級以上の冒険者は、街の警戒と防衛に当たれ！　そしてこれは緊急依頼だ。契約に基づき、基本的に強制参加であることを忘れるな！」

緊急依頼は、まさにその支部が所属する国の危機に瀕した際、強制的に発動される依頼だ。

この依頼が発動されれば、中級冒険者……つまり、７級以上の冒険者は皆、強制的にこの依頼を受けなければならない。

それが、この街の冒険者たちの義務だ。

その代わり、戦争などに加担することがないのも冒険者の特徴とも言える。

オーグさんは次々と指示を出していくと、皆はそれぞれ慌ただしく動き始めた。

そこで私は、あることを思い出す。

「そ、そうだ！　ブランさんとアリアさんが……！」

「リーナ、どうした？」

私が顔を青くしていると、それに気づいたオーグさんが声をかけてきた。

「お、オーグさん！　現在、二人の冒険者が【魔の森】で依頼を受けてるんです！」

「何っ？　そいつらは何級だ？」

「は、８級と９級です！」

私の言葉を聞いて、オーグさんは額に手を当てた。

「どうして８級が……【魔の森】の魔物を討伐する依頼は、７級からだったはずだ」

「９級から受けられる、オレムの実の採取依頼を受けてまして……」

「クソっ……あの依頼か。９級や８級の連中なんざ、早く昇級するためにほとんどが平原の魔物の討伐依頼を受けるだろう？　それなのにどうして……」

「その……二人とも、よく雑用依頼を受けられる方なんです」

「……ああ、【雑用係】か！」

オーグさんはブランさんのことを知っていたようで、皆から呼ばれている蔑称を口にした。

「ったく、何てタイミングの悪い……確かに雑用系の依頼を片付けてくれるのは助かるが、そんな依頼ばかり受けてるってことは戦闘能力はないんだろう？」

「恐らく……」

アリアさんは定期的に討伐依頼を受けていたが、ブランさんは頑なに討伐依頼を受けようとしなかった。

武器として剣を持っていたが、いつ見ても新品のようで、使い込まれた形跡はない。

何より、採取依頼であっても、魔物と遭遇しないで過ごすというのはまず不可能だ。

その際、その魔物を倒しても、依頼とは別に素材は売れるため、多くの冒険者は一緒に素材を持ち込んでくる。

だが、ブランさんは一度も素材を持ち込んだことがなかった。

8級冒険者ともなれば、その日を生きるお金を稼ぐのにも大変だろうに……。

……いや、噂ではブランさんは一軒家を持っているって話もあるし、案外お金持ちなのかもしれない。

ともかく、ブランさんが戦闘に長けているとはとても思えなかった。

するとオーグさんは険しい表情を浮かべる。

「……残念だが、そいつらに気を回す余裕はない」

「そ、そんな！」

「お前も分かっているだろう？　この非常事態で、下級冒険者の救助や捜索に人員を割けるわけがない。あくまで【魔の森】の状況捜査のついでに探すのがやっとだ」

「そ、それは……」

「冒険者である以上、自分の身は自分で守らねばならない。そして、今はこの街に住む者たちの安全が第一だ。諦めろ」

オーグさんはそう言うと、再び冒険者の指示に戻っていった。

頭では理解しているが、私はそう簡単に割り切ることができない。

「ブランさん、アリアさん……」

――私はただ、二人の無事を祈ることしかできなかった。

＊＊＊

「おかしいなぁ……この間は実ってたのに……」

私……アリアは、オレムの実の採取のため、【魔の森】にやって来ていた。

あと少しで8級に昇級できるため、積極的に依頼を受けているのだが、私は他の冒険者のように討伐依頼ばかり受けるのではなく、俗に言う雑用依頼と呼ばれる物も受けるようにしていた。

それは純粋に、私が目指す冒険者が、いろんな人を助けられる冒険者だからだ。

冒険者は一見すると魔物を倒すことで人々に貢献していると思われているが、それだけじゃない。

中々手に入りにくい薬草なんかを採取することで、その薬草を必要としている人間を救うことができるのだ。

そして、今回受けたオレムの実も、私に薬草について色々と教えてくれたブランさん曰く、ある特定の病気を治すために必要な素材らしかった。

だが、依頼の等級の割に危険な【魔の森】に足を踏み入れる必要があること、他に安全かつ稼げる討伐依頼があるせいで、オレムの実の採取は人気がなかった。

しかし、この間ブランさんと一緒に依頼を受けたことで、浅い場所であれば私でも十分戦えること、何よりオレムの実がなっている場所を把握できたため、こうして依頼を受けたのだ。

この依頼をこなせば、私の昇級に近づくし、誰かの助けにもなる。

まさに一石二鳥だったのだが……。

「うーん……もしかして、ブランさんに先を越されたかな？」

把握していたオレムの実の採取場所に来たのだが、あれだけ実っていた実が、一つも残っていなかったのだ。

そのため、私以上に雑用依頼に力を入れているブランさんが、先に来てオレムの実を採取しつくしたのかとも思ったが、元々実っていたほどの量は依頼には必要ない。

ならば、急にこの依頼が人気になって、取りつくされたとか？

どれだけ考えても答えは出なかった。

「仕方ない、他の場所も巡ってみよう」

一番浅い位置にあった木が全滅だったため、私は他に記憶していた採取場所に向かう。

だが、どこに行っても実がなっていなかった。

「こんなことってあるのかな……？」

もしかしたら、特定の時期になると実ができなくなるって性質があるのかもしれないが、ブランさんはそんなこと言ってなかったな…。

そんなことを考えながら周囲を見渡していると、ふとあることに気づく。

「あれ？　草が枯れてる……？」

あまり気にしていなかったが、よくよく森全体を観察してみると、どことなく草木に生命力が感じられなかった。

何と言うか、生気を吸い取られたみたいな……。

「……やっぱり気のせいじゃないよね。これは一度戻った方がいいかも……」

嫌な予感がした私は、一度依頼を切り上げ、協会に戻ることに決める。

その瞬間だった。

「キィイイ！」

「なっ⁉　【スラッシュモンキー】⁉」

突如、８級の魔物であるスラッシュモンキーが、私に襲いかかって来たのだ。

私は慌てて剣を構えると、襲いかかって来たスラッシュモンキーに斬りかかる。

だが……。

「キィイイイ！」

「えっ？」

なんと、襲いかかって来たと思ったスラッシュモンキーは私の頭上を素通りし、そのまま木々の上を跳んでいった。

そのあと、同じようにスラッシュモンキーたちが次々と木々の上を跳びながら移動していく。

スラッシュモンキーは鋭い爪を持つ猿で、人間を見れば容赦なく襲いかかって来る……はずなのだが……。

「キキィ！」

「キキャキャ！」

何故かスラッシュモンキーたちは私には見向きもせず、去っていった。

その様子はまるで、何かから逃げているようにも見えたが……。

「一体何が――」

『――オオオオオオオオ！』


「っ⁉」

突如、私に凄まじい圧力がかかった。

圧倒的な力に押しつぶされるようで、息苦しい。

「ハァ……ハァ……！」

私は思わず跪きながら、必死に周囲を見渡す。

その瞬間、私の目にとんでもないものが飛び込んできた。

「な、何……？」

それは、人型の巨大な魔物だった。

岩や土でできた体に、植物が絡みついている。

……ゴーレムという岩や土で作られた、人型の魔物がいることは知っていた。

ただゴーレムはその全身を構成する素材によって、基本的に７～５級の間に振り分けられる。

当然私は、５級はおろか、７級の魔物すらまだ見たことがない。

……いや、昔に０級の黒龍を見たことはあるが、こんな風に対峙した経験はなかった。

だからこそ、今私の目の前にいるゴーレムが5級なのだとしたら、私は黒帝様のような、立派な冒険者になれる気がしなかった。

それほどまでに、目の前の魔物と私の実力の差を感じたのだ。

これが、5級の魔物の圧力だと言うのだろうか。もしかすると、私の知る普通のゴーレムではなく、もっと強い、別の魔物なのかもしれない。

どんなに足掻いたところで、私が勝てる未来は見えなかった。

「ハァ……ハァ……!」

無意識に上がる息を必死に整えようとするが、ゴーレムが近づいてくるごとに圧力が増していき、思うようにいかない。

に、逃げなきゃ……!

頭ではそう分かっているのに、体は震えて動かなかった。

『――オォ』

「ひっ!」

その瞬間、ゴーレムの顔が動く。

そして、無機質な赤い単眼が、私を捉えた。

『オオオオオオオオオオ!』

「きゃあああっ!」

ゴーレムは凄まじい咆哮を上げると、体から魔力の波動を解き放つ。

濃密な魔力は物理的な影響を伴い、そのまま衝撃波となって私を吹き飛ばした。

踏ん張ることすらできなかった私は、近くの樹に強く背中を打ち付ける。

「かはっ！」

痛む体を堪え、何とか立ち上がると、先ほど感じていた圧力から抜け出せたことに気づいた。

「に、逃げないと……！」

私は体を庇いながら、必死に逃げ出そうとする。

しかし、ゴーレムはそんな私を見逃さなかった。

『オオオオオオオオオオオッ！』

ゴーレムはその場で両腕を振り上げると、そのまま地面に振り下ろす。

腕が地面に触れた瞬間、私は大地が波打ったように感じた。

まるで波紋のように揺れる地面は、凄まじい地割れを引き起こし、周囲の木々と土が、私に襲いかかる。

「あ……」

避けようにもダメージを負ったこの体ではうまくいかず、私は再び吹き飛ばされた。

まるで木っ端のように宙を舞う私は、受け身を取る間もなく地面に叩きつけられた。

「う、ぅ……」

もう、体が一つも動かない。

「い、や、だ……」

死にたくない……死にたくない……。

そう思うのに、私の意識はどんどん遠のいていく。

本当に、ここで終わりなの？

私は、黒帝様のような……冒険者にはなれないのだろうか。

誰かを救えるような、そんな冒険者に……。

自然と溢れる涙で視界が霞む中、とどめを刺さんとゴーレムが腕を振り上げるのが見えた。

そこまで目にしたところで、ついに私の意識は途切れるのだった。

＊＊＊

「んん？」

俺……ブランは、オレムの実を採取するため、【魔の森】にやって来ていた。

だが、森に入ってすぐ、俺は違和感を覚える。

「森の魔力が減っている……？」

【魔の森】と言えば、豊富な魔力によって育つ、特殊な薬草などが採取できる場所だ。

ただ、その豊富な魔力は薬草だけでなく、危険な魔物も育てることになる。

とはいえ、森の浅い部分は漂う魔力も平原とそんなに変わらない上に、強い魔物も出なかった。

そんな【魔の森】だったが、今はまるで魔力や生命力というものが感じ取れなかった。

その証拠に、周囲の草木には元気がなく、一部は枯れている。

「こんな数日で劇的に変化するものか……？」

なんせここは、【第三の魔王】が眠るとされる地なのだ。

もしかすると、俺の知らない特殊な森の周期があるのかもしれない。

「まあいいや。ひとまず依頼を終わらせよう」

いつもと違う状況だからこそ、さっさと依頼を終わらせて帰還しようとした俺は、把握しているオレムの実がなる木を目指した。

だが……。

「あれ？　実ってない……」

あれだけ実っていたはずのオレムの実が、一つもなっていなかった。

一応、オレムの実に関しては、これまたヒリア草の時と同じように、どこから得たのか知識があった。

しかし、その知識の中には、オレムの実は一年中実るとされていたのだ。

「……何か魔物が食い荒らした、って感じでもないなぁ」

周辺の地面を確認するも、特にそれらしい魔物の足跡は見当たらない。

何より、今までなっていたオレムの実の食べ残しのようなものすらないのだ。

「誰かに食われたわけでも、採取されたわけでもないのに、消えるなんてことがあるのか？」

もしかすると、この異常な状況に適応するため、木が実を吸収し、何とか耐えているのかもしれない。

だとすると、実が一瞬で消えるほど、この地の魔力や生命力が吸い取られていることになる。

ならば、吸い取られた魔力はどこに……？

「！」

その瞬間だった。

少し離れた位置から、強大な魔力の気配を感じ取ったのだ。

少なくとも3級以上の魔物の魔力である。

「こんな浅いところに3級以上だと？」

聞いた話だと、【魔の森】では最高でも5級くらいの魔物が出るとしか聞いていない。

……正確には、現状確認されている【魔の森】の奥地では、だが。

というのも、【魔の森】は一度も踏破されたことがなく、奥地に向かえば向かうほど魔物が強くなり、その上、本来群れを形成しないような魔物たちが、群れを成して襲って来るのだ。

これこそが【魔の森】の恐ろしさで、連戦に次ぐ連戦を強いられるため、奥に進むことができない。

そのため、本当の意味で最奥部にどんな魔物がいるのかは知られていなかった。

「まさか、その奥地にいる魔物が出てきたのか？」

まあどんな経緯で出てきたのかは、正直どうでもいい。

それよりも、この魔力の主が原因でオレムの実が取れなくなることの方が問題だった。

「依頼が完了できねぇだろうが」

俺はすぐにその場から駆け出すと、感じ取れる魔力の下に向かう。

するとそこには、ゴーレム型の魔物の姿が見えた。

「あれは3級のタイラント・ゴーレムか……って!?」

タイラント・ゴーレムを確認すると同時に、そのタイラント・ゴーレムの目の前にアリアが倒れていることに気づいた。

よく見ると、アリアは血まみれで、タイラント・ゴーレムはそんなアリアを叩き潰そうと腕を振り上げている。

「させるかよ」

『オォオオオ!?』

俺は一瞬で距離を詰めると、そのままタイラント・ゴーレムを蹴り飛ばした。

俺の何倍もある巨体だったが、魔力で強化した肉体により、難なく吹き飛ばすことに成功する。

しかし、流石は3級のタイラント・ゴーレム。

吹き飛ばされながらも受け身を取り、そこから流れるようにこちらに向かって突っ込んできた。

「巨体の割に速くないか？」

タイラント・ゴーレムは知識として知ってはいたが、戦うのは初めてだった。

他のゴーレムは、その身体の材質や特性から、動きが鈍いことが多い。

しかし、このタイラント・ゴーレムは、俺の想定を超える速度で突っ込んできたのだ。

とはいえ、あの巨体でそれだけの速度で突っ込んできたら、流石に急旋回などは難しいだろう。

なので、このまま引きつけて避けようと思ったが、俺の背後にはアリアがいる。

抱き上げて避けるにしても、少しタイラント・ゴーレムの方が速い。

なら……。

「悪く思うなよ」

俺は剣を抜くと、タイラント・ゴーレムに突っ込んでいく。

そして衝突する瞬間、俺は身を屈め、タイラント・ゴーレムの懐に潜り込むと、剣を股下に突き出し、そこから一気に斬り上げた。

『オオォォオ⁉』

股下から頭上まで、一刀両断されるタイラント・ゴーレム。

斬り裂かれたタイラント・ゴーレムは、突っ込んできた慣性のまま、アリアの方に向かうが、二つに分裂したことで、アリアに衝突することなく倒れ落ちた。

タイラント・ゴーレムが完全に沈黙したことを確認し、剣を下ろす。

急いでアリアの元に向かうと、彼女は血を流し、気を失っていた。

「これなら、手持ちの回復薬でどうにかなるな」

黒帝時代、使うことはほとんどなかったが、質のいい回復薬ならいくらでもある。

そして万が一に備え、それらの回復薬は持ち歩くようにしていた。

俺はその一つをアリアに振りかけると、アリアの傷がなくなっていく。

「ふぅ……ひとまずこれでいい。あとはここを──」

『──オォオオオオオオ！』

「！」

アリアを抱え、すぐにこの場を離脱しようとした瞬間だった。

なんと、森の奥から別のタイラント・ゴーレムが姿を現したのだ。

しかも……。

『オォ……』

『オォオオオ！』

「二体だと？」

なんと、タイラント・ゴーレムが二体も俺の前に現れたのだ。

……おかしい。一体だけであれば、偶然この浅い場所にやって来たという可能性もあった。

しかし、こうも立て続けにやって来るとなると話は変わって来る。

何故なら野生のゴーレム系の魔物が、群れを成して行動することはまずないからだ。

『オォオオオオ！』

「フッ！」

一体のタイラント・ゴーレムが、凄まじい速度で殴りかかって来る。

俺はアリアを抱きかかえたまま、その攻撃を避けるも、その行動を読んでいたかのように、もう一体のタイラント・ゴーレムも殴りかかって来た。

「鬱陶しいな」

俺は殴って来たタイラント・ゴーレムの腕を足場に跳躍し、何とか距離をとる。

すると次の瞬間、タイラント・ゴーレムの赤い単眼が輝いた。

「マジかよ」

俺は咄嗟にその場から飛びのくと、タイラント・ゴーレムの目から、一筋の光が照射された。

その光は先ほどまで俺が立っていた位置を貫くと、一瞬の静寂ののち、地面が一気に爆ぜる。

「光線も使えるのか」

タイラント・ゴーレムたちは、俺が避ける先々に目から光線を放ちつつ、隙を突いてはその凶悪な腕で殴りかかって来る。

「コイツら……」

俺はその動きを見て、眉をひそめた。

……どう見ても、連携してるよな。

俺の知るゴーレムは、連携できるほどの知能を有してはいない。

3級にもなると、知能が上がるんだろうか？

それとも、何かに操られてるとか……。

「考えたところで仕方ないな」

俺だけなら特に苦労もしないが、今はアリアを抱えている状態だ。あまり激しく動くわけにもいかない。

魔法を使ってもいいが……ここはまだ森の浅い場所だからこそ、魔力探知に長けた者がここを通った際、俺の魔力の残滓に気づく可能性もある。

そこで魔力を調べられたら、すぐに黒帝だってことがバレるだろう。

そうなると、また黒帝時代に戻らなきゃいけなくなる。それだけは嫌だ。

とはいえ、このままというわけにもいかない。

「……仕方ない。アリア、少し雑になるぞ」

俺はアリアを肩に担ぐように持ち変えると、改めて剣を抜いた。

そして――――。

「ハッ！」

『オォオオオ⁉』

俺は一瞬で一体のタイラント・ゴーレムに近づき、そのまますれ違いざまに首を斬り飛ばした。

首を失ったタイラント・ゴーレムは、数歩よろめくと、その場に倒れ伏す。

『オオオオオオオオ！』

「よっと」

俺が剣を振り終わったタイミングで、もう一体のタイラント・ゴーレムが隙を突くように攻撃を仕掛けてきた。

しかし、そんなものは最初から読めていたので、俺はその場から飛びのく。

その瞬間、タイラント・ゴーレムの振り下ろした腕が地面に触れ、周囲の木々と地面が弾け飛んだ。

「とんでもない威力だな」

俺は宙を舞う、散乱した木々や地面を足場に、変則的に飛び回った。

そんな俺を仕留めようと、タイラント・ゴーレムは目から光線を撃ちまくるが、どれも俺には届かない。

そして、そのまま最後のタイラント・ゴーレムの背後をとった。

「フッ！」

『オォオオオ――――』

タイラント・ゴーレムも背後の俺に対応しようと動くが、それでは遅い。

俺はそのままタイラント・ゴーレムを脳天から一刀両断した。

綺麗に二つに分かれたタイラント・ゴーレムは、完全に沈黙する。

周囲に魔物の気配などがないことを確認した俺は、剣を収めた。

「まあまあってところか」

【剣聖】である師匠と共に生活してきた俺だが、剣の修行自体はそんなにしてこなかった。

……いや、それだと語弊があるな。

師匠からは剣の技術に関しても、最初から最後まで教えてもらっている。

しかし、それ以上に師匠から徹底的に仕込まれたのは、魔法だった。

どうして剣を扱う師匠が、俺にあそこまで魔法を叩きこんだのかは分からない。

だが、その魔法の力で、俺は黒帝と呼ばれるまでになったのだ。

おかげで、黒帝を辞めた今、魔法さえ使わなければ、俺が黒帝だとバレる心配はない。

そういった理由から、黒帝時代の力以外を求めた結果、三年間の剣の修行期間が必要だったのだ。

そこで改めて師匠から教わったものを一人で徹底的に突き詰め、ようやくそれなりの腕前を手にしたわけである。

「修行してたところにも、３級程度の魔物はいたが、ゴーレム系はいなかったからな。通用してよかった」

ゴーレム系はその素材によって強さが大きく変わって来る。

今回は土や岩、そして木といった素材が主だったが、ゴーレムそのものの魔力が尋常じゃなかったため、生半可な鉱石系のゴーレム以上の硬さを誇っていた。

そんなタイラント・ゴーレムを一刀両断できたのだから、ひとまず及第点だろう。

「さて、と……倒せたはいいが、コイツらをどう処理したものか……」

このまま放置する、とできればいいが、そういうわけにもいかない。

まずアリアはこのタイラント・ゴーレムを見てしまってるだろうし、アレだけ派手にやりあったのだ、協会にも情報は伝わってるだろう。

一番いいのは、この残骸を跡形もなく消し去ることだが……。

「うぅむ……どうしたものか……」

証拠を完全に消す方法が、実はある。

それは、俺だけが使えるとある魔法の属性だった。

その属性を使えば、この周辺の残骸どころか、魔力の残滓さえ残らない。

ただ……。

「師匠からあんまり使うなって言われてるんだよなぁ」

どうしてなのかは分からないが、俺が黒帝時代、師匠は俺のその属性魔法を使うことを禁じた。

一応、０級冒険者になってからは解禁されたが、使うことは極力避けるように言われていた。

ましてや人がいる場所では絶対に使うなとも。

幸い、アリアは今気を失っているため、俺がその属性を使っても、見ている人間はいない。

……仕方ない、ササっと使って帰るか。

そう決断すると、俺は独自の魔法を発動させようとした……その時だった。

「ッ⁉」

突如、凄まじい魔力の気配を感じ取った。

それは周囲の木々から……いや、この【魔の森】の大地全体から広がっているように感じられる。

何より、その魔力の膨大さと濃度に目を剥いた。

「何だ……？」

それは、かつて俺が倒した黒龍の比ではないのだ。

０級の魔物とされる黒龍を超える魔力……そんなものを放つ存在は――。

「なっ⁉」

そんなことを考えていると、大地を巡る膨大な魔力が、俺が首を斬って倒した一体のタイラント・ゴーレムに注ぎ込まれていることに気づいた。

そのタイラント・ゴーレムに視線を向けると、倒れていた体と首が浮かび上がる。

さらに、他のタイラント・ゴーレムたちが徐々に分解されては、そのまま浮かび上がったタイラント・ゴーレムの体に吸収されていった。

「何が起きてる……？」

すぐに剣を抜いて構えると、やがて三体のタイラント・ゴーレムが一体に融合された。

「これは……」

そいつは、先ほどまで相手にしていたタイラント・ゴーレムとは比べ物にならないほど、凶悪な魔力を宿していた。

全長も先ほどのタイラント・ゴーレムの二倍にまで大きくなっている。

「コイツは、何だ？」

ある程度の魔物の知識は、師匠から叩き込まれている。

それ以外にも、黒帝時代に様々な経験をしたことで、ある程度の魔物の知識はあった。

そんな俺から見ても、目の前のゴーレムは未知の存在だった。

……先ほど感じた魔力が、ゴーレムにも宿っている。

ただ、あの莫大な魔力のすべてが宿っているわけではなく、その一部がタイラント・ゴーレムの残骸に注ぎ込まれ、強化されて復活したといった感じだった。

魔力の質だけで見れば、１級の魔物と遜色ない。

観察を続けている俺に対して、ゴーレムの目が赤く光った。

「ッ！」

俺は咄嗟にその場から飛び退くと、一筋の赤い光線が走る。

次の瞬間、俺が立っていた場所が、凄まじい勢いで爆ぜた。

「おいおいおい」

俺は迫る爆風や地面や木の破片を躱し、ゴーレムから距離を取った。

すると、赤い光線が着弾した周辺が、ごっそり消え失せた。

……こりゃあ街の方じゃ今頃大騒ぎだな。

幸い、先ほどの光線は俺の立っていた地面に向けられたので、周辺の環境が吹き飛ぶだけだったが、あれが街の方に走っていたらと思うとぞっとする。

「遊んでる暇はないな」

俺はアリアを抱いている状態で剣を構えると、一瞬でゴーレムとの距離を詰めた。

そして、その足元に辿り着くと、すぐさま斬り払う。

だが……。

「なっ……」

ゴーレムは、タイラント・ゴーレムの時以上の速度で、その場から離脱して見せたのだ。

しかも、そのまま俺の背後に回ると、強化された腕を振るってくる。

すかさずその身を翻し、攻撃を躱したが、凄まじい拳風が俺を襲った。

しかも、その拳風により、先の木々が薙ぎ倒されるのだ。

「やっぱ強くなってるな」

魔力だけならと思っていたが、それは甘かったようだ。

俺は剣を構え直すと、ゴーレムに再接近する。

その俺を迎え撃つべく、ゴーレムが腕を振り下ろしてきた。

「よっと」

俺はその攻撃を紙一重で躱しつつ、ゴーレムの腕を斬りつける。

だが……。

「硬いな」

使われている素材は、タイラント・ゴーレムの時と同じだと思っていたため、今の一撃で腕を斬り飛ばすつもりだった。

　しかしどういうわけか、このゴーレムは防御力まで上がっているのだ。厄介だなぁ。

「あの魔力が影響しているのか？」

　森の奥から感じた、凄まじい魔力。

　それを得たことでこのゴーレムが生まれたのだから、コイツの体が強化されたのも、その魔力が原因と見ていいだろう。

　なら……。

「魔力ごと断ち切るまでだ」

　腕を斬った勢いのまま、ゴーレムの背後に回ると、また俺はゴーレムの股下から斬り上げるように剣を振るった。

　すると、その攻撃に素早く反応したゴーレムが、腕を後ろに回し、防ごうとする。

　だが、そのゴーレムの腕は難なく斬り飛ばされた。

「どんなに硬かろうが、いくらでも対処のしようはあるぞ」

　先ほどまではそのまま戦っていたが、ゴーレムを斬るため、剣に魔力を纏わせたのだ。

　これにより、ゴーレムを強化している魔力に干渉し、そのまま斬ることができるのである。

　こうして、斬り上げた剣を返し、振り向きざまのゴーレムをそのまま斬り裂いた。

『――』

ゴーレムはその場に硬直すると、そのまま全身を覆う土や木々が崩れ落ち、倒れていく。

そして、ゴーレムはそのまま砂のように、風に乗って消えてしまった。

「消えた……」

あんな風に消えていく魔物は初めて見た。

特にゴーレム系は、倒せばその素材のままその場に残るからだ。

しかし、今のゴーレムは、何一つ残すことなく、消えてしまった。

「必要ないとはいえ、冒険者泣かせな魔物だったな」

冒険者は、戦力を増強するためにも魔物の素材を欲しがる。

というのも、魔物から手に入る素材を使い、様々な装備を作ることができるからだ。

だが、あんな風に消えてしまっては、倒すだけ損だろう。しかも、妙に強いから余計に嫌われそうだ。

「さて……これ以上出てくるなんてことはないよな？」

俺は再び周囲を警戒するが、魔物が現れる気配はなかった。

そこで一度、俺は森の奥に目を向ける。

「……ひとまず帰るか」

気になりはするが、今はアリアを連れ帰ることが先決だ。

そう決めると、俺は森に背を向け、協会へと帰還するのだった。

＊＊＊

「ん……あ、あれ？　ここは……」

「あ、アリアさん！　目が覚めてよかったです！」

私が目を覚ますと、受付のリーナさんの安心した表情が飛び込んできた。

何だかぼんやりする頭のまま周囲を見渡すと、そこはどこか慌ただしい雰囲気が漂う協会であることに気づく。

「協会？　私、依頼で……!?」

そこまで言いかけて、私は思い出した。

そ、そうだ……私、依頼で【魔の森】に行ってたんだ。

だが森の異変に気づき、帰ろうとしたところで、強大なゴーレムに襲われたのだ。

「た、大変です！　ゴーレムが……！」

「すでに協会でも情報は掴んでいるので、大丈夫ですよ」

「そ、そうですか……」

あのまま街に襲いかかってきたら大変なことになるので、すぐにでも伝えなければと思ったが、協会も把握しているようで安心した。

そんな風に思っていると、アリアさんが真剣な表情で続ける。

「そこで、アリアさん。一体森で何があったんですか？」

「え？　何って……その、ゴーレムに襲われて……」

……あれ？　私、ゴーレムに襲われたんだよね？

それなのに、どうして生きているんだろう。

間違いなく殺されると思っていた。

その瞬間の記憶も残っている。

だが、私は生きていたのだ。

混乱する私に対し、リーナさんが教えてくれる。

「アリアさんは、同じく【魔の森】で依頼を受けていたブランさんに救出されたんですよ」

「え、ブランさんが⁉」

確かに、ブランさんが【魔の森】にいたのは不思議じゃない。

何せ、私が受けたオレムの実の採取も、ブランさんに教えてもらったからだ。

しかし、ブランさんに救われたとなると話は変わって来る。

「ど、どうやって……」

「ブランさんがおっしゃるには、アリアさんを見つけた時にはタイラント・ゴーレムはいなかったそうですよ？」

「そ、そんなはずありません！」

「ええ、我々もそう思ってます」

リーナさんもそう言ってくれた。

だって、あのタイラント・ゴーレムが私目がけて腕を振り下ろすところまでは目にしているのだ。

そうなると、一体何が……。

ま、まさか、ブランさんが倒したとか⁉

「さすがにブランさんが倒したとは思えませんけどね」

私がそう思った瞬間、リーナさんは私の心を読んだように続けた。

「あ……」

た、確かに、失礼だとは思うけど、ブランさんがタイラント・ゴーレムを倒したとは到底思えなかった。

少しの間ではあるが、一緒にいる時、一度も戦闘しているところを見ていないからだ。

当然、採取依頼中にだって魔物が襲ってくることがある。

しかし、彼は戦うことは一切なかった。

……まあ、毎回私の近くに現れるから、私が戦うしかないってのもあるんだけどさ。

「ですが、ブランさんもアリアさんを見つけた時には誰もいなかったって言うんですよ」

「そ、それじゃあ私は見逃されたって言うんですか？」

「まさか！　だとしたら、アリアさんの傷が治っているのもおかしいですし」

言われてみると、あれだけボロボロにされた私の体は、傷一つなかった。

事実、襲われた形跡として、私の装備はボロボロになっている。

そうだよね……ゴーレムが自分が傷つけた相手を、さらに自分で治すなんて――。

「何より凄まじい戦闘の一片が、街の方からでも確認できたんですよ。なので、誰かがタイラント・ゴーレムと戦闘していたのは間違いないと思います」

「なるほど……」

「もしかすると、上級冒険者が運よく近くにいたのかもしれませんね。それこそ、基本的にどこかに留まることのない、０級冒険者の誰かとか……」

……まさか、黒帝様だったりするんだろうか？

他の０級冒険者も、基本的にどこかに留まることはなく、それぞれ好きなことをしていると聞いたことがある。

ただ、この国の方面に来ているという話は聞いたことがない。

誰であれ、助けてもらったのなら、直接お礼が言いたい。

そんな風に思っていると、リーナさんはため息を吐く。

「しかし……アリアさんの様子を見る限り、アリアさんも何があったのかは知らないようですね」

「すみません……ですが、私が気を失うまでのことでしたら、お話しできます！」

「もちろんです！　ブランさんからの情報も含め、より詳細な状況把握のためにも助かります！」

こうして私は、リーナさんに気を失うまでの状況を説明していくのだった。

＊＊＊

ブランが街に帰還した頃。

【魔の森】の最奥で、【第三の魔王】ナチュルは、険しい表情を浮かべていた。

『……やはり、強化した僕の眷属でもダメか』

ブランが戦った魔物は、ナチュルが森を通して直接強化した個体だった。

そのため、1級の魔物でありながら、0級の魔物に匹敵する力を誇っていたのである。

しかし、そんな魔物であってもブランはものともせず倒してしまった。

『相手が【第六の魔王】なんだから、特に驚きはしないけど……』

ナチュルは、自身の眷属が倒されたことについて、一つだけ引っかかることがあった。

それは……。

『どうして魔力が使われなかったんだ？』

森を通して、ある程度どんな風に戦っていたのかを知るナチュルは、自分の眷属が魔法を使われることなく倒されたことに驚いていた。

というのも、とある魔力が関係しているからだ。

『しかも、あの感じだと……人間どもが使う、剣って武器だよね？　気のせいかな……？』

ナチュルが感知できるのは、あくまでどんな攻撃をして、どんな攻撃を受けたのかだけ。

つまり、ブランという人間が相手だったことは、ナチュルは知らなかった。

『何にせよ、魔法だけで危険だったのに、それ以上の力をつけて帰って来るなんて……』

――【第六の魔王】は、まさに破壊の化身だった。

というのも、神々と星が消滅した直後、【第六の魔王】が現れたのだ。

この【第六の魔王】は他の魔王とは異なり、星によって生み出された存在ではなかった。

神々と星、二つの憎悪が固まり、【第六の魔王】として生まれ落ちたのだ。

こうして生まれた【第六の魔王】は、触れるものすべてを破壊し、消滅させる特殊な魔力を持っていた。

しかも、他の魔王と違い、自我のない【第六の魔王】は、魔物も人類も関係なく、消滅させていった。

神々も、魔王も、目的は違えど、その星の最終支配権を巡っての戦いだった。

だが【第六の魔王】は、支配するはずの星すら滅ぼす勢いだったため、他の魔王たちとは敵対関係になる。

よって、ナチュルを含む五人の魔王は命がけで戦い、倒した――はずだった。

倒した当時は、【第六の魔王】には理性も知性もなく、ただ破壊をまき散らす存在として顕現していたため、武器を使ったり、近接戦闘を仕掛けるような存在でもなかった。

だからこそ、五人の魔王はそこに勝機を見出し、倒すことに成功したのだ。

だが、現にナチュルの【魔の森】に【第六の魔王】の気配が現れ、しかも、その気配の主はナチュルの配下を武器で倒した。

つまり、【第六の魔王】が理性や知性を持ち、復活した可能性が非常に高かったのだ。

『……これは、本格的に確かめる必要があるね。ただ、どうすれば……』

ナチュルは、【第六の魔王】との戦闘で大きく力を消耗し、この【魔の森】で回復に専念することになった。

それからこうして目覚めるまで回復できたものの、未だに【魔の森】から出られるほどには回復できていない。

それは他の魔王たちも同じで、【第六の魔王】との戦いの傷を癒すため、それぞれの領域に引きこもり、回復している状態だった。

『またタイラント・ゴーレムを送り込んでもいいけど、なんだか人間の街が騒がしいし、何より【第六の魔王】が相手じゃ、また壊されるのがオチだ。どうしたもんか……』

頭を悩ませるナチュルだったが……その邂逅は、すぐ近くであることを知らなかった。

第四章

第三の魔王

タイラント・ゴーレムの戦闘からひと月。

協会と国はすぐさま討伐隊を編成し、【魔の森】へと向かったが、タイラント・ゴーレムを見つけることはできなかった。

戦闘の痕跡こそ残っていたが、ゴーレムの残骸もなければ、誰かが死んだような痕跡もなく、ゴーレムが消えたと、これまた協会や国は大騒ぎ。

それもそうだろう、消えたゴーレムが、どこかの街にいきなり現れでもしたら、それこそ大きな被害に繋がるからだ。

これが森の奥に帰ったのであれば、国も警戒を強めるだけで済むんだろうが、そうはいかない。

それ故に、協会も国も必死になってゴーレムを探していた。

……まあ実際は俺が倒してしまったので、いくら探しても出てこないんだが。

俺が倒したことを報告すれば解決するのかもしれないが、まず俺が倒したなんて言っても信じてもらえないだろう。

それに、俺自身も厄介なことに巻き込まれることは分かり切っているので、わざわざ言おうとも思わない。

今も必死に探してる連中には悪いが、これればかりは許してほしい。

そんな状況下で、依頼も少し変わり、下級冒険者が受けられる【魔の森】への依頼がなくなってしまった。

なので、今まで大人しく平原での依頼を受けてきたわけだが、徐々に【魔の森】での調査が落ち着きを見せてきたところで、俺はとある目的のため、ひっそりと【魔の森】にやって来ていた。

「さてと……周りには誰もいないな」

今回は依頼は受けず、なるべく人の目に触れないように移動し、ここまで来たのだ。

周囲の気配をざっと確認した俺は、改めて森の奥地へ目を向ける。

「それじゃあ、早速行きますかね」

俺は一気に加速し、森の奥へと突き進んでいった。

奥に向かうと、徐々に木々の密度が濃くなり、周囲が鬱蒼としてくる。

さらに、遭遇する魔物の強さも上がって来た。

「グォオオオ！」

「【ロック・グリズリー】か」

俺の行く手を阻むように現れたのは、手や足に岩の装甲のようなものを付けた、巨大な熊だった。

コイツは6級で、中級冒険者でも気を付けるべき魔物の一体だった。

急いでいた俺は目的地まで真っすぐ向かっていたわけだが、それが災いし、こうして魔物と遭遇してしまったのだ。

「グォオオオオッ！」

「よっと」

ロック・グリズリーが巨大な腕を振るってくるのに対し、俺は走り抜ける勢いのまま、そいつの頭上を飛び越える。

それと同時に近場の樹の枝に着地すると、ロック・グリズリーを放置してさらに奥地へ飛び出した。

「今日は急いでるからな」

ロック・グリズリーは俺を追いかけようとするも、元々巨体でこの森の中を素早く移動するのに適していないことと、俺が本気で移動していることもあり、追いつくことは不可能だった。

こうして森の奥へ奥へと進んでいくと、出現する魔物もさらに増え、強くなる。

「キイイイ！」

「ギギ、ギギ……」

『オォオオオオオ！』

集団で敵を襲う3級の魔物、【カオス・モンキー】に始まり、巨大な樹に擬態した3級の魔物【バーサク・トレント】、そしてこの間相手にしたばかりのタイラント・ゴーレムなどが、絶え間なく襲いかかって来るのだ。

「よっ、ほっ」

それらの攻撃を掻い潜り、とにかく先に進むが、いかんせん数が多い。

さすが危険地帯の一つ、【魔の森】といったところで、こんな上級の魔物と連続で戦わなければならないなど、普通の冒険者からすれば絶望ものだろう。

本来、3級の魔物は同じく3級の冒険者であれば相手にできるが、こんな連戦するような状況は想定されていない。

……まあ特級の連中ならそれほど苦労もないだろうが、この森の奥で活動するにはギリギリ2級以上の実力はいるだろうな。

そんなことを考えつつも、俺はできる限り戦闘は避け続け、どうしても避けられない攻撃だけは、剣を抜いて対応し続けた。

なんていうか、こうしてひたすら避け続けてると師匠との訓練を思い出すなぁ。

あの頃の俺は感情ってものがとにかく薄かったので、師匠からの修行もなんとも思わず続けていたが、今になって思うが中々スパルタだった。

師匠から絶え間なく剣撃が浴びせられ、それをひたすら避け続けたり、今と同じようにひたすら魔物と戦わされたり……子供にさせる修行じゃないんだろうなとは今だから思う。

とはいえ、そのおかげでこうして冒険者としてやっていけるだけの実力は身に付いたのだから、師匠には感謝しかない。

そんなこんなで魔物を適当にあしらいながら、夜通しで先に進んでいく。

こうして三日ほど移動を続けたことで、ついに目的地にたどり着いた。

そこは一部だけ拓けた場所で、漆黒の木々に囲まれており、周囲に漂う魔力は段違いに濃かった。

よく見ると、希少な薬草類も見当たるが、こんな場所に来れる冒険者は限られてるだろうな。

それにしても……この森はずいぶんとだだっ広いな。

周囲に人の気配がないことは確認済みなので、遠慮せず全力で移動していたわけだが、それでもこの場所に来るまで三日もかかってしまった。

それに、今回は遠出することを協会には伝えていない。もしこれが黒帝時代だったら、今頃協会は大騒ぎだったろうな。

……今の俺も、協会にはほぼ毎日顔を出してたから、数日顔を出さないと少し訝しまれるかもしれないが、これればかりは仕方ないな。

順調にいけば、今日中にケリがついて、また三日後に帰れるが……これればかりは分からなかった。

「久しぶりの遠出がこんな場所とはな」

どことなく神秘的な雰囲気すら感じるこの場所をもう少し堪能してもよかったが、そういうわけにもいかない。

「――――いるんだろ？」

俺は虚空に向かってそう呼びかけた。

その次の瞬間、俺の足元に濃密な魔力の気配が集まる。

「！」

俺は咄嗟にその場から飛び退くと、先ほど立っていた位置を、黒い樹が突き上げるように生えてきた。

しかも、その生えてきた樹は、うねりながら俺を目掛けて追尾してくる。

「ずいぶんなご挨拶だな」

それらを避け続けていると、正面だけでなく、四方八方から同じような樹々が、俺を貫かんと襲いかかって来た。

「フッ！」

これは避けられないと判断した俺は、すぐさま剣を抜き放つと、剣に魔力を纏わせながら、樹々を斬り飛ばす。

そして、斬ったことで生まれた隙間から、何とか脱出することに成功した。

『――――おかしい』

その瞬間だった。

拓けた空間の一部に、これまた凄まじい魔力が集まると、空間が歪み、何かが現れる。

それは、まるで植物を衣服のように身に纏う、人型の『ナニカ』だった。

見た目だけで言えば、人やエルフの女性にも見えるが、その身に纏う気配と魔力が尋常ではない。

なんせ、俺が倒した黒龍ですら霞むほどの魔力を、その小さな体に内包していたのだ。

「一体、何がおかしいんだ？　――――魔王」

俺はこうして対峙したことで悟った。

……コイツは、魔王だ。

前々から【魔の森】には【第三の魔王】が眠ってると噂されていたが、アレは本当だったたな。

静かに警戒しながら魔王にそう問いかけると、意外にも魔王は返答してくる。

『人間であるお前から、【第六の魔王】の気配を感じる』

「は？」

『それに、何故魔法を使わない？　【第六の魔王】でありながら、何故武器を使う？　そもそもお前は本当に【第六の魔王】なのか』

「えっと……」

まさかの返答に、俺は反応に困った。

【第六の魔王】？　一体何の話だ……？

世間では、魔王っていうのは、第一から第五までしか存在は知られていない。

そして俺も、【第六の魔王】など聞いたこともなかった。

予想外の言葉に困惑していると、魔王は勝手に話を進めた。

『……確認すればいいだけの話か』

「おい、何を言って――⁉」

次の瞬間、俺の頬を掠めるように、樹の蔓が槍のように飛んできた！

間一髪躱したが、あのままだったら顔を貫かれていただろう。

しかし、俺が躱すと同時に、再び周囲の地面から樹々が生えてくると、樹の枝や蔓が、これまた雨のように降り注いでくる。

「クソッ！」

初めて魔王というものを目にしたわけだが、会話できる上に世間では【第三の魔王】は人類に友好的だなんて言われていたので、話し合いができると思っていた。

だが、こう容赦なく襲い掛かって来るってことは、やっぱり人類の敵であることに変わりはないのだろう。

先ほど以上に苛烈なその攻撃は、俺を徐々に追い詰めていく。

「ハアアアッ！」

俺は剣で対応するも、とてもじゃないが手数が足りなかった。

「……チッ、仕方がない……」

幸いここは【魔の森】の最奥。

人がここに来ることはあり得ないだろう。

なら……！

「『神滅槍』！」

俺は自分の持つすべての属性を混ぜ合わせた漆黒の槍を生み出すと、襲い来る樹の蔓を迎え撃つように射出する。

人目につかないからこそ、俺は遠慮なく魔法を使うことができた。

だが、魔王の攻撃の勢いはさらに増し、俺の魔法でも対処しきれない。

『……おかしい。微かに【第六の魔王】の属性は混じっているが、これはあくまで全属性の複合でしかない。お前は一体、何なんだ？』

「それはこっちのセリフだ……！」

話し合う間もなく襲われてるんだ、勘弁してほしい。

……まあ魔王に話し合いもクソもないと言われればそうだけどよ。

こうして何とか魔王の攻撃を凌いでいると、魔王はぼそりと呟いた。

『……これでも分からないなら……』

「っ？」

次の瞬間、今までで一番の数の樹の蔓が、俺目掛けて降り注いだ。

「これは不味いな……」

ギリギリ対応できているが、この状況が続けば、いずれ樹の枝に串刺しにされるだろう。

「仕方ない……『絶魔神衛結界』！」

ひとまずこの攻撃を受け切るために、俺は魔法で結界を展開する。

いくら魔王の魔力が膨大とはいえ、永遠に続くわけじゃない。

いつまで続くかは分からないが、魔法が途切れるのを待ち、そこから反撃しよう。

そう計画を立てていたのだが、俺が想像していたような展開にはならなかった。

俺に襲い来る樹の枝とは別に、俺の周囲を取り囲むよう、樹の蔓と枝が、蠢いていたのだ。

「なっ――――」


『――――【封天魔樹】』


気づいた時にはすでに遅く、取り囲んでいた樹々が、そのまま樹で作られた繭のように俺を覆いつくしたのだ。

『はぁ……はぁ……』

中から外は見えないが、魔王の魔力がごっそり減ったことは気配で分かったため、これは普通の魔法じゃないんだろう。

「ハアアアアッ！」

俺は魔力を纏わせた剣で斬りかかるが、何と周囲を覆う樹の枝に傷一つ入らなかった。

「嘘だろ⁉」

確かに剣は主要な武器ではないが、それでも師匠仕込みの剣術に、魔力操作も完璧だった。

これで斬れなかったものは、今まで一つもなかったのだ。

そんな俺の攻撃を、この樹々は易々と防いでしまったわけである。

「こりゃあ師匠に怒られるな……」

三年剣術の修行をしたわけだが、この状況を剣で解決できないなんて知られれば、師匠からしごかれるだろう。

だが……。

「全力でぶち抜けばいいだけの話だ」

自慢じゃないが、魔力量なら誰にも負けない自信がある。

この魔力を、樹の繭をただ突破することだけに集中して魔法を発動させれば、貫くことは可能だろう。

俺は全力で魔力を練り上げ、目の前の樹に放った。

「『神滅槍』！」

かつて黒龍すら倒した一撃だ。

俺の放った漆黒の槍は、そのまま樹の枝に激突すると、激しい回転を始める。

そして樹の枝を突き破ろうとするが……。

「な、に……？」

――なんと、樹の枝には傷一つなかった。

「馬鹿な……」

俺が込めた魔力も、あの魔王が使った魔力と同じくらいだ。

おかげで今の俺はヘロヘロなわけだが、同じだけ魔力を込め、しかも突破することだけに重点をおいたのに、傷一つ入らないのは納得がいかない。

すると、外から微かに魔王の声が聞こえてくる。

『……無駄だよ。これはかつて【第六の魔王】を封じるために使った魔法だ。普通の魔法じゃ、どうすることもできない』

さっきから【第六の魔王】がどうのって……一体何のことだ。

正直腹立つが、魔王の言う通り、剣もダメで魔法もダメとなると、どうすることもできない。

……いや、正確には一つだけ、俺には奥の手が残っている。

しかしそれは、師匠から使うことを避けるように言われていたものだ。

とはいえ、このままここで朽ち果てるつもりもないし、相手は魔王である。

出し惜しみしてる場合じゃない、か……。

「チッ……これ使うと死ぬほど疲れるんだがな……！」

俺は手をかざすと、俺だけが持つとある属性の魔力をかき集める。

『それはッ⁉』

手に集まる魔力は、先ほどの魔力以上に暗く、紫のオーラが魔力の周囲に漂っていた。

そんな魔力を槍の形に変えたわけだが、その槍は先ほどの『神滅槍』に比べ細く、何とも心許ない。

だが、これで十分だった。


「――――『終(つい)ノ槍(やり)』」


俺の放ったその槍は、そのまま樹の枝に衝突すると……一瞬にしてその樹の枝たちを消し飛ばす。

それはまるで、その場所に最初から何もなかったかのように、ごっそりと消え去った。

こうして放たれた槍は、目の前の障害物をすべて貫いていく。

「ぐっ……やはりとんでもないな……！」

魔法の効果もそうだが、何より消費魔力量がヤバイ。

こんなほっそい槍一つで、残っていた俺の魔力すべて持って行かれた。

だが……。

「……抜け出したぞ」

気怠い体に鞭打って、俺は樹の繭から脱出する。

すると、そんな俺を、魔王は静かに見つめた。

……何だ？　急に大人しくなった。

突然の気配の変化に戸惑っていると、魔王が口を開く。

『……なるほど、そういうことか』

「？」

『君、【第六の魔王】の心臓を持ってるんだね』

「…………は？」

それは、理解の及ばない言葉だった。

【第六の魔王】の心臓って……何の話だ？

ますます困惑する俺に対し、魔王はため息を吐いた。

『……はぁ。僕らが本気で消し飛ばしたと思ったのに、まさか心臓が残ってるなんて……』

「一体何の話だ！」

さっきから俺を置いて話を続けていく魔王に、俺は思わずそう叫んだ。

するると、魔王は真剣な表情で俺を見る。

『どういう経緯でそうなったのかは知らないけど、君の心臓は確かに【第六の魔王】のものだよ』

「何だと？　それに、【第六の魔王】って……そんな話、聞いたこともないぞ」

『だろうね。アレは僕ら魔王が滅ぼしたから。……いや、滅ぼしたと思っていた、か。まさか、心臓部分だけ残されていたとは思いもしなかった』

「……何なんだ？　その【第六の魔王】は……」

『敵だよ。人類だけじゃなく、神々や僕ら、そしてこの星すべての、ね』

「……」

いきなり俺の心臓が【第六の魔王】のものだって言われてもピンとこないのに、その【第六の魔王】は他の魔王たちからすら敵と呼ばれる存在だなんて……ますます訳が分からない。

だが、敵だと言うのなら……。

「俺を殺すのか？」

『君を？　まさか。僕一人で君を殺せるなら苦労しないよ』

魔王は、首をすくめてそう言った。

俺もただでやられるつもりは一切ないが、魔王が俺を殺せないと言うなんて思いもしなかった。

『第一、【第六の魔王】の気配は感じても、そこにヤツの意思は感じられない。だから、警戒度を少し落としたんだよ。もし【第六の魔王】の意思が宿ってるようなら……また僕らは君を殺さなきゃいけなくなる』

「！」

そう口にした瞬間、魔王から凄まじい殺気が放たれた。

しかし、すぐにその殺気は霧散する。

『ま、いいや。ところでこんな場所に何の用？』

「何の用って……お前だろ？　あのタイラント・ゴーレムを放ったのは」

俺がこの森に来たのは、タイラント・ゴーレムを放った元凶に会いに行くことと、できることならその元凶を取り除こうと思ったからだ。

俺は平穏な暮らしがしたい。

そのためには、邪魔となる要素は極力排除したかった。

……まあ相手が魔王だと、また話は変わってくるけど。

『ああ、僕が偵察に出したヤツだね。案の定、君に破壊されちゃったけど』

「偵察?」

『そ。君から感じた【第六の魔王】の気配を調べるためにね』

「マジかよ……」

つまりあの騒ぎは、俺が【魔の森】に入ったからで、そこで【第六の魔王】の心臓とやらの気配を察知した魔王が、真偽を確かめるためにあの魔物を放ったと。

頭を抱える俺に対し、魔王はあっけらかんと言い放った。

『あ、もう安心していいよ。こうして理由も分かったし、前と変わらず人間にはちょっかいかけないからさ』

「……それを信じろと?」

いくらこの【第三の魔王】が人類に友好的と言われてるとはいえ、それはあくまで世間の噂に過ぎず、【第三の魔王】本人から人間と敵対しないなど、言われたという記録はない。

すると、魔王は気怠そうに続ける。

『当たり前だろ? 人間の相手をするなんて面倒なだけだし。君らが僕に干渉しないなら、僕も君らに干渉するつもりはないよ。まあここまで来れる人間がいるのかは分からないけど』

「そうか」

『――――何より、滅ぼそうと思えばいつでも滅ぼせるしね』

獰猛な笑みを浮かべる魔王。

先ほどまで魔力を大きく消耗していたにもかかわらず、すでに魔力は回復しており、再び辺り一面に濃密な魔力が漂った。

……まあ確かに、コイツがその気になれば、リレイト王国なんて簡単に滅ぼせるだろうな。

それをしてこなかったってことは、本当に興味がないんだろう。

ならば、コイツの言葉通り、もう街やリレイト王国に被害が出ることもないはずだ。

確かめたいことも確かめられたので、とっとと退散するかと思っていると、思い出したかのように魔王が口を開く。

『あ、でも、リリスは君を探し出すかもね』

「リリス？」

聞いたことのない名前に首を傾げると、魔王は続けた。

『【第一の魔王】だよ』

「は⁉　なんでそんなヤツが……」

『彼女、【第六の魔王】を死ぬほど憎んでるから』

「えぇ……」

会ったこともない【第一の魔王】に恨まれる俺とは。

……いや、そのリリスの眷属である黒龍を殺したのは俺だし、恨まれることはしてるか……。

『僕はこうして君を見て、特に問題はないって思ったけど、彼女はそうじゃない。ただ【第六の魔王】の因子が残ってるってだけで、確実に殺しに来るはずだ。他の魔王も似たり寄ったりじゃないかなぁ』

「勘弁してくれ……！」

どうして平穏に暮らしたいって考えた傍から、そんなとんでもねぇ事態に巻き込まれるんだ！

そもそも俺がその【第六の魔王】の心臓を持ってるってのも意味が分からないし！

「【第六の魔王】ってどんなヤツだったんだよ……」

『ごめーん、僕も思い出したくないから話せないや』

魔王から思い出したくないって言われるなんて……。

頭を抱える俺に対し、魔王はケラケラ笑った。

『アハハハ、まぁまぁそう落ち込まないで。困ったら、僕が助けてあげるよ』

「お前が？」

『そ。どうやら君は、あの【第六の魔王】と違って、平穏な世界が好きみたいだし、そういうところは僕に似てる。だから、親近感が湧いたんだー』

「はぁ……」

何とも言えず、気の抜けた返事をすると、魔王は笑みを浮かべた。

『そうそう、僕はナチュル。君は？』

「……ブラン」

『ブランね！　また何かの機会があれば、遊びにおいでよ！』

「……気が向けばな」

『絶対だよー？』

最後に魔王……ナチュルはそう念押しすると、自然に溶けるように消えていった。

それを見て、俺は呟く。

「……何か、とんでもない事態に巻き込まれてしまった」

ただ、平穏に暮らしたいだけなのに……。

俺は肩を落としながら、【魔の森】を後にするのだった。

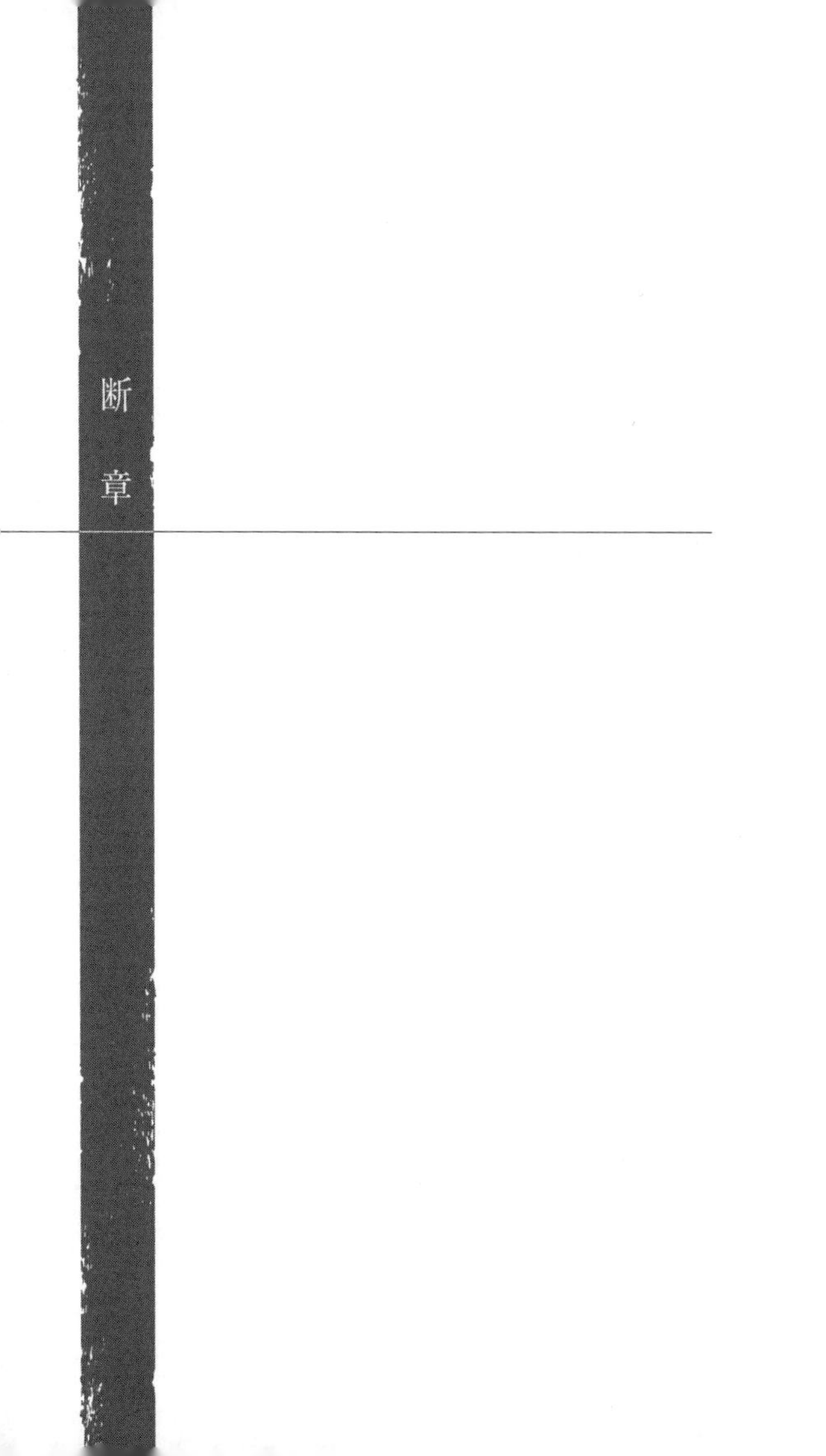

断章

――――これは、まだブランがクルールの下で修行をしていた頃。

「――――お前に、剣術を教えよう」

「……」

幼いブランは、無感情のまま、クルールを見つめていた。

そんなブランの姿を前に、クルールは一瞬悲し気な表情を浮かべるも、すぐに気を引き締める。

「まだお前が魔法を使うのは許可できない。故に、魔法以外の力を得る必要がある」

「……」

「もちろん、お前の魔法が強力なのは分かっているが……これから先、剣が使えて困ることはないだろう」

事実、クルールに剣を教えてもらえたからこそ、今のブランが存在していた。

こうしてクルールから剣の修行を受けるようになったブラン。

だが――――。

「どうした、避けねば斬れるぞ！」

「！」

容赦なく降り注ぐ、０級冒険者の斬撃。

その一つ一つは大地を斬り裂き、まともに受ければ無事では済まないだろう。

そんな攻撃を、ブランは額に汗を流しながらも、感情が宿ることなく淡々と避け続けた。

「そうだ、足を止めるな！　剣の軌道を常に読め！」

一見すると、ある程度実力の付いた者に行う修行のようにも見える。

だが、この時のブランは、まだ修行を初めて一週間も経っていなかった。

とはいえ、このような特殊な修行だけでなく、基礎的な修行も行われる。

「腕を下げるな！　あと一万回！」

「……」

修行を始めたての、それも子供に課す内容とは思えない、過酷な素振りをクルールはブランに求めた。

異常ともいえる状況だったが、ブランはクルールの修行に顔色一つ変えず、食らいついていた。

――このような状況になったのは、クルールにとって初めての弟子であったことと、普通の子供ではないブランという組み合わせによって、起こってしまった事故だった。

ただ、クルールも多少は厳しくしている自覚はある。

その厳しさの度合いが、普通とはかけ離れていることには気づかなかったが……。

何よりも、クルールが厳しい修行を課すのには理由があった。

一つはブランに魔法以外にも身を護る術を身につけて欲しいと思ったこと。

もう一つは、ブランの感情を引き出すことだった。

兵器として生み出されたブランには感情というものがない。

だからこそ、少しでも感情を生み出すため、クルールはあえてブランに厳しく接していたのだ。

しかし、その目論見は大きく外れてしまった。

どれだけ厳しい修行を与えても、ブランは怒りの一つも見せず、ただ淡々と修行をこなすのだ。

とはいえ、子供の体では限界がある。

その結果、ブランは悲鳴や文句の一つも上げることなく、静かに体を壊したのだ。

意識を失ってもなお、苦悶の表性一つすら浮かべないブランを前に、クルールは自己嫌悪に陥る。

「……私は愚か者だな。少し考えれば分かることだというのに……」

確かにクルールの修行は常軌を逸していた。

だが、クルール自身も幼少期から過酷な修行は受けていたのだ。

一つ違う点があるとすれば、クルールには意思があり、ブランにはそれがなかった。

少しでも体調に異変があれば、相手に伝えることができる上に、休むことも誰に言われずとも自然と行うことができた。

しかしブランは、己の意思を伝えることもしなければ、休もうとすらしないのだ。

ただ言われたことを淡々と続けるだけ。

まさに兵器として生み出されたが故の反応だった。

「……このままではダメだな。もっとブランの調子を確認し、意思を聞かねば……」

――――こうしてブランが体調を崩したことにより、クルールは修行の方向性を変更することになる。

過酷な修行であることには変わりはなかったが、今まで以上にブランの体調に気を遣うようになったのだ。

さらに、ブランに根気強く意思を確認することも忘れない。

クルールは剣術の師としてだけでなく、人としてもブランを導こうとしたのだ。

修行の中で試行錯誤を重ねた結果、ブランは徐々に意思を見せるようになっていくのだった。

第五章

研究施設

――――とある場所。

そこは様々な薬品と、資料が乱雑に置かれた部屋だった。

何より異様なのは、その部屋を囲うように、巨大な容器がいくつも設置されており、その中には何らかの液体と、凶悪な表情を浮かべる魔物が、収まっていた。

そんな部屋の一角で、男が狂気の笑みを浮かべる。

「ついに……ついに完成したぞ……！」

そう笑う男の前には、一体の魔物の姿があった。

ただし、その魔物はどこか異質で、どう考えても系統が違う魔物の部位が、体のあちこちに継ぎ接ぎになっていた。

その上、魔物の体には様々な管が繋がれており、何らかの薬品を流し込まれている。

男は目の前で静かに眠る魔物を見て、満足げに頷いた。

「よし……状態も安定しているな。こんな辺鄙な場所で苦労したかいがあった」

そう語る男は、途端に忌々し気に表情を歪めた。

「……それもこれも、【剣聖】のせいだ……！　ヤツさえいなければ、我らの研究は成就していたというのに！　なのにヤツは、研究を台無しにするだけでなく、研究の結晶を奪っていった……！」

苛立ちながら机を叩くと、自らを落ち着かせるように深呼吸する。

「……失ったものは非常に大きい。だが、それを補えるだけの研究を積み重ねてきた。おかげで【魔の森】の魔物を使った実験は成功し、我らが組織の戦力となる確信を得られた。あとはヤツが奪っていた我らの成果を見つけ出せば……ハッ！　そうだ、こうしてはおれん、早速本部に連絡せねば……」

男はそう語ると、魔物に背を向け、部屋から姿を消すのだった。

＊＊＊

レディオン帝国の帝都付近に存在する森……【黒森林】。

リレイト王国にある【魔の森】のように、奥地に向かうほど強力な魔物が出現し、様々な自然の恵みを得ることができる場所だった。

ただし、【魔の森】とは異なり、魔王がいるわけではないが、独自の生態系を保つことで、森の浅い場所は比較的安全な状態になっている。

その生態を維持できているのは、やはりレディオン帝国に強力な冒険者が多数所属していることが大きかった。

弱い国であれば危険な森が近くにあるというだけで安心できないものの、大陸最強と名高いレディオン帝国であれば、【黒森林】は豊かな資源の宝庫へと変わる。

そんな森の奥地で、元0級冒険者のクルールは暮らしていた。

「フッ……！」

「キシャアアアア！」

クルールは襲い来る1級の魔物……【クリムゾン・マンティス】の攻撃を掻い潜ると、そのまま懐に飛び込み、一閃。

クリムゾン・マンティスはひと際大きな絶叫を上げると、そのまま静かに首がズレ落ちた。

そう、何よりこの【黒森林】において安全が保たれているのは、クルールが生態系の頂点に立ち、定期的に間引きをしながら暮らしているからに他ならなかった。

クルールは剣に付いたクリムゾン・マンティスの体液を振り払うと、静かに鞘に収める。

そして、どこか不愉快そうに声を発した。

「フン……手伝いすらしないのか」

『……』

一見するとクルール以外にはこの場に誰もいないように思えたが、実際はクルールを監視するように、2級や1級の冒険者たちが息を潜めていたのだ。

だが、元0級冒険者であるクルールにはそんなものが通用するはずもない。

とはいえ、監視している冒険者たちが名乗り出ないことも理解できていたため、クルールは諦めのため息を吐いた。

「はぁ……もういい」

そう告げると、森の中にある家へ帰還する。

それでもなお家を取り囲むように監視している冒険者たちに呆れながら、一息ついた。

「いい加減、監視どもが鬱陶しいな。本当に逃げてしまうか？」

何度も監視の目を掻い潜り、この地から離れようと考えていたクルール。

しかし、彼女がそれをしなかったのは、弟子であるブランの存在だった。

「あの子は元気だろうか……」

もしクルールがこの地を離れると、レディオン帝国のギルドは総力を挙げてクルールを探し出そうとするだろう。

その手段の中には、他の0級冒険者を使う可能性も十分ある。

そうなると、クルールだけでなく、今は普通に暮らしているであろうブランも探し出されるかもしれなかった。

だが、こうしてクルールだけでもレディオン帝国に留まり、なおかつ引退したものの、【黒森林】で活動することで、ブランが抜けた穴をある程度は許容されていたのだ。

とはいえ、レディオン帝国からすれば自国の最高戦力が抜けた穴は大きく、今もなお貴族の中にはブランを探し出し、連れ戻すように口にしている者も多かった。

ただそれをしないのは、もしそれを国がしようとすれば、ブランだけでなく、クルールも全力で抗い、最悪他国に亡命してしまう可能性もあったため、保留になっているだけだった。

「(それに、あの子がリレイト王国に向かったことは知っているが、詳しくどこにいるのかは聞いていない。だから私から会いに行くのも難しいし、あの子が万が一こっちに帰って来た時に困るだろう)」

面倒だと思いつつ、ブランのためにも、クルールはこの状況を受け入れるしかなかった。

再びクルールがため息を吐くと、ふとブランと出会った時のことを思い出す。

「……」

——ブランとの出会いは特殊だった。

クルールがまだ0級冒険者として活動していた頃、【魔人会】という組織が、世界中で暗躍していた。

魔人会とは、人間と魔族を融合させ、新たな種族を生み出すことを標榜していた組織だ。

その思想は非常に危険で、魔人会は子供を攫っては、実験体として使い潰してきたのだ。

この事態を重く見た各国の要請により、当時の0級冒険者が総出となって魔人会を潰したのである。

そしてクルールも駆り出されたうちの一人で、魔人会の本拠地を攻め落とすことになった。

魔人会には人間だけでなく、魔王が生み出した知性ある魔物……魔族も所属しており、戦闘は苛烈を極めた。

だが圧倒的な強さを誇るクルールの前には為すすべもなくやられていく。

すると魔人会は、最後の足掻きとして、とある最終兵器を解き放つ。

その魔人会の最高傑作にして、最終兵器こそが……ブランだった。

クルールの前に現れたブランは、その身には薬剤を打ち込まれた挙句、様々な器具が取りつけられていた。

その上意思が感じられず、虚ろな表情でただ佇んでいたのだ。

とはいえ、魔人会がどんな実験を施したところで相手は子供。

クルールはすぐに制圧できると思っていた。

しかし、その予想に反し、ブランは凄まじい力を解き放ったのだ。

見たこともない魔力の奔流は、触れるすべての物を破壊し、まさに滅びの化身だった。

ここまで危険な存在になってしまうと、世界はブランを処理するであろうことは、容易に想像できた。

だが、クルールはそれをよしとしなかった。

理不尽に連れ去られ、破壊の兵器にされたブランを、クルールは救いたいと思ったのだ。

その結果、クルールはブランと死闘を繰り広げることになる。

しかも相手は殺しにくる中、クルールはブランを殺さず制圧する必要があった。

どう見てもクルールに分が悪い戦いだったが、まだ子供であったブランの魔力は長続きせず、何とかブランを制圧することに成功したのだ。

その後、クルールは残りの魔人会の残党を殲滅すると、そのままブランを引き取ることに。

そして引き取ったブランに、人間としての心を取り戻すため、冒険者としての活動を勧めたのだった。

それはクルール自身が冒険者としての生き方しか知らなかったのもあるが、ブランも兵器としての力がある手前、冒険者にも向いているとの考えからだ。

「ずいぶんと時間はかかったが、最後は自身の願いを口にできてよかった」

クルールがブランに求めたのは自立と自己意識の覚醒。

だがその過程の中で、物言わぬ兵器だったブランを、多くの貴族や王族が利用した。

当然、クルールもそれらを防ごうと奔走したが、すべてを防ぐことはできない。

その結果、ブランは散々いいように使われてしまったが、ブランが冒険者を始める最初の段階で、もし自分のしたいことができたのなら、【黒龍】を討伐すれば自由にすると話していたのだ。

というのも、【黒龍】という誰もが倒せなかった存在を倒せれば、文句なしの功績となり、ブランの自由を認めざるをえない。

とはいえ、案の定、国はブランを放ってはおかなかった。【黒龍】を討伐できるほどの力を身に付ければ、結果的に自由になれることもクルールは見越していたため、レディオン帝国を抜け出すことに成功したのだった。

そんな過去のことを思い返しつつ、クルールは窓の外に目を向ける。

「存分に自由を満喫してくれてるといいんだがな」

クルールの顔は、元0級冒険者ではなく、一人の親としての顔だった。

＊＊＊

【魔の森】から帰還した翌日。

俺は久々に依頼を受けるため、協会にやって来た。

ただ、今日は少し趣向を変え、薬草採取以外の依頼を受けようかなと考えている。

そんなこんなで掲示板を眺めていると、ちょうどよさそうな依頼を見つけたため、それを手にリーナの下へ向かった。

「この依頼を頼む」

「かしこまりました！　それにしても、ブランさん久しぶりですね？」

「まあな」

「いつも依頼を受けてる印象だったので、ここ数日姿を見なくて心配してたんですよ」

「そうなのか？」

「ええ。ちなみに、何をされてたんですか？」

まあ当然聞かれるよな。

とはいえ、馬鹿正直に答えるわけにもいかないので、適当に答えた。

「リーナの言う通り、最近は働き詰めだったから、少し休養をとってたんだよ」

「……すごいですね。普通、下級冒険者は少しでも稼がないとその日を生きていくのも大変だって聞きますけど……だから、皆さん早く稼げる中級を目指すんですよ」

「そこら辺は俺は他とは違うからさ。お金にも別に困ってないし、中級も興味ないんでね」

「……知ってましたよ。早速いつも通り雑用系の依頼を受けられるようですし……」

「ははは。まあゆっくり休めたぶん、また働いていくさ」

まあ実際はめちゃくちゃ戦ってて休む間もなかったわけだが。

そんなやり取りをしつつ、リーナに手続きをしてもらうと、俺は早速依頼のため、指定された場所に向かうのだった。

＊＊＊

「ここか」

俺がやって来たのは、街の外れにある地下への入り口。

ここはクレット全体の下水が流れる地下空間に繋がる場所だった。

中に足を踏み入れると、ほとんど人の手入れがされていないようで、照明の魔道具などはなく、かなり暗い。

しかも、下水道ということだけあって、中々の悪臭が漂ってくる。

「……これは人気がないわけだ」

俺が受けた依頼は、この下水道の見回りだった。

というのも、街中とはいえ、こういう下水道などには下級の魔物が棲みつく可能性があるため、こうした定期的な巡回が必要なのだ。

だがしかし、この酷い悪臭と下水道という汚い場所のせいで、誰もこの依頼を受けることはなかった。

まあ何より、このクレットの街ができてから、一度として魔物の目撃例がなかったので街の中でも優先順位が低かったのだろう。

あと、万が一、この場所に犯罪者が潜伏しないとも限らないため、こうして依頼が出されているというわけだ。

ただ、こちらもクレットで大きな事件が起こったこともなく、かなり平和なため、犯罪者が潜伏しているとも考えられていない。あくまで可能性の話というだけだった。

そんなわけで、一応の見回りとして、こうして下級冒険者に依頼が出されているのだ。

もし仮に下水道に魔物が出たとしても、下級冒険者でも対処可能なものがほとんどだしな。

たとえ、犯罪者がいたとしても、最悪その下級冒険者が死ねば、依頼を受けたのに達成報告がないとして、捜索が行われるだろうから、こちらの心配もあまりなかった。そうなると殺される下級冒険者は堪ったもんじゃないが。

そういった事情もあって、汚いし、わざわざ危険を冒す必要もないということで、下級冒険者は誰もこの依頼を受けないのである。

あと、受注者が出ないことが続けば、いずれ国やら街やらが自主的に巡回する可能性もあるので、本当に優先順位は低い。

あくまで誰かがやってくれれば嬉しいという程度だった。

地下に下り立つと、そこは下水が流れる空間が広がっていた。

しかも、階段部分とは違い、中に入ると真っ暗で、普通は何も見えないだろう。

だが……。

「ん、特に問題ないな」

俺は魔力によって目を活性化させることで、暗闇の中でも昼間のように周囲を見ることが可能だった。

これの便利なところは、あくまで目を直接強化するため、魔法のように魔力の残滓が外に残らないこと。

まあ誰も寄り付かないこの場所であれば、魔法を使っても大丈夫そうだけどな。

それこそ、俺が魔法を使った残滓も、次の人が来るまでに消えるだろうし。

そんなことを考えていると、俺はあることに気づく。

「……おいおい、いるじゃないか」

なんと、この地下空間に無数の生物の気配を感じ取ったのだ。

俺としては、ただ見回りをして依頼を達成くらいの気持ちだったため、魔物と戦う気はさらさらなかった。何より、魔物は棲みついたことがないって聞いてたしな。

「はぁ……やはり管理が杜撰だったんだろうな」

依頼内容は下水道の見回りだが、当然魔物が出た場合、その対処も依頼に含まれる。

そのため、魔物が出たからと言って特別な報酬があるわけでもなかった。

しかし、魔物が出た場合、それを倒してその素材を持ち帰ることで、追加の報酬を得ることができる。

もちろん下級冒険者には貴重な収入源だろうが、効率も時間も悪い。

魔物が出た以上、より念入りな見回りが必要になるからだ。

何よりその報酬に興味がない俺は、持ち帰るつもりがなかった。

「放置ってわけにもいかないし、倒すか」

このまま放っておいても特に害はないのかもしれないが、万が一外に溢れ出して、クレットに住む住民に被害が出たら一大事だ。

俺は気が重くなりつつも、地下空間を歩いていった。

「にしても、立派な下水道だな」

このクレットは、他の大国の首都に引けを取らないほど、上下水道がしっかり整備されていた。

それこそ大国の首都であれば上下水道が完備されてるなんて普通だが、このクレットのように、小国の、しかも辺境の街でここまで設備が整えられているのは珍しい。

おかげで俺たちは安全な生活を送れているわけだが。

そういう意味でも、早急にこの状況を解決する必要があるだろう。

そんなことを考えながら歩いていると、不意に正面から微かな気配を感じ取る。

すると、一匹の魔物……【ダスト・マウス】が出現した。

「やはり棲みついてたか……」

できれば勘違いであってほしかったが、こうして見つけた以上、駆除する必要がある。

とはいえ、ダスト・マウスは、10級に分類されるほど弱い上に、サイズも俺の足程度の大きさだ。

だからこそ……。

「よっと」

「キュキュゥゥウウウ！」

俺はダスト・マウスを踏み潰した。

足の裏に何とも言えない感触が伝わるが……これればかりは仕方がない。

剣で戦うような大きさでもないし、これが一番早いからな。

「はぁ……残る気配は意外と少ないから、まだ棲みついてそう時間は経ってないんだろうな」

ダスト・マウスは、繁殖力が強いため、もしこれ以上放置していたら、かなり面倒なことになっていただろう。

「それにしても、今まで魔物が出たことがないって話だったのに、どうして急に出現するようになったんだろうか」

確実に侵入を防ぐなんてことは無理にしろ、今まで大丈夫だったというのに……。

平原の方では見た記憶はないが、【魔の森】にはいたのを覚えている。

ただ、俺も相手にしなかったし、元々ダスト・マウスは臆病なので、向こうから襲って来るようなことはほとんどない。

「……まあいいか。さっさと片付けて帰ろう」

倒したダスト・マウスの死体だが、放置するのもアレなので、仕方なく火属性魔法で焼却した。

「……これでバレたら最悪だな」

人が寄り付かないとはいえ、魔力の残滓で誰かにバレる可能性がある。

とはいえ、このまま放置すれば、何らかの疫病の原因にもなるかもしれないし……こればかりは諦めるしかない。

俺以外にこの場所に人が来ないことを祈ろう。

そんなこんなで先に進んでいくと、再びダスト・マウスと遭遇する。

だが……。

「ん？」

「キュウッ！」

そのダスト・マウスは、どこかおかしかった。

普通のダスト・マウスは、全身灰色の毛で覆われているのだが、目の前のダスト・マウスは、何故か体の一部が紫色に変色していたのだ。

咄嗟に周辺に何か毒物があるのかと警戒するが、特にそんな様子はない。

しかも、臆病なはずのダスト・マウスが、目を爛々と輝かせ、こちらに襲いかかってきたのだ。

「フッ」

「キュゥウウウ！」

とはいえ、ダスト・マウスの強さが変わるわけでもなく、再び俺は踏み潰す。

「何だったんだ？」

妙な個体だったが、強さに変化があるわけじゃない。

ただ、性格が獰猛になっていただけだ。

踏み潰した結果、特に靴裏が溶けるようなこともないため、先ほどのダスト・マウスが溶解性の毒を持っているという可能性も低そうだ。

ただ、それ以外の猛毒を体内に蓄えている可能性はある。

「少し念入りに焼却しとくか」

毒物も消えるよう、俺は火属性魔法に俺の固有魔法……ナチュル曰く、【第六の魔王】の属性も少し混ぜ、焼却処分した。

今は人の目がないので使っているが、もし誰かいたら、どうしようもなかったな。

再び下水道の見回りを再開する俺は、今度は毒物らしきものもないか確認していく。

それは、あそこまでダスト・マウスが凶暴になっていたのだ、何かしらの要因となる物質があるのではと思ったからだ。

するると、またもや紫色に変色したダスト・マウスが現れた。

「……何かがおかしい」

やはり変色していたのは先ほどのダスト・マウスだけじゃなかったようだ。

つまり、何かこの下水道内、または、外の平原や【魔の森】で異変が起きているのかもしれない。

変色したダスト・マウスを素早く処理した俺は、改めて下水道内部に意識を向ける。

「……後数体か」

この変色したダスト・マウスがどう街に影響を及ぼすか分からない以上、先ほどよりも早く確実に全部倒す必要が出てきたな。

気配の確認を終えた俺は、急いで残りのダスト・マウスを処理するべく動いた。

すると、やはり出てくるダスト・マウスはどれも変色しており、最終的に俺が最初に遭遇したダスト・マウス以外、すべて変色していたのだった。

「ふう……ひとまず下水道内のダスト・マウスは倒せたかな？」

……10級の魔物は、気配が希薄というより小さいので、もしかすると倒し損ねているヤツがいるかもしれない。

俺はいつも以上に気配察知に意識を割くと、妙なことに気づく。

「……ん？　何だ、この気配……」

それは、意識しないと見つけることができないような、魔力の揺らぎだった。

「……もしかして、この異常の原因か？」

見つけた以上、放置するわけにもいかない俺は、その魔力の揺らぎを感じ取った場所まで移動する。

行き着いた先は、ちょうど行き止まり部分で、魔力の揺らぎはその行き止まりの壁から発生していた。

近づいて確認したことで、俺は確信する。

「……巧妙に隠されているが、これは結界魔法だな」

結界魔法は、それこそ俺も使う『絶魔神衝結界』のように、何かを護るための効果がほとんどだが、目の前の壁のように、何かから身を隠したりするのにも使うことができた。

そして、術者の腕がよければ、その結界を解除するのも苦労するんだが……。

「これくらいなら問題ないな」

俺は結界に魔力を流し込むことで、その結界を無効化した。

どうやらこの結界を張った主は、この場所を隠す効果こそ念入りにしていたようで、解除に対する対策はあまりしていなかったようだ。

こうして結界を解除すると、何と先ほどまで何もなかったかのように思えた壁に、鉄製の巨大な扉が出現する。

「……おいおい、マジかよ」

そして扉が出現したことで、さらに向こうにいる気配を感じ取ることに成功した。

その結果、人間の気配こそ感じ取れなかったが、何故かすごい数の魔物の気配を感じ取ったのである。

幸い、扉に鍵などはかかってる様子もなかったため、そのまま中に入ると、そこは何らかの研究室のようだった。

「これは一体……」

何が何だか分からん様々な薬品が置かれ、難しそうなことが書かれた資料が散乱していた。

何より、その部屋を取り囲むように、巨大な容器がいくつも設置され、その中には魔物のような生物が眠るように浮かんでいた。

浮かんでいる魔物を見ていくと、ロック・グリズリー、カオス・モンキー、バーサク・トレント、そしてタイラント・ゴーレムなど…どれも【魔の森】で見た魔物たちであることに気づく。

ふと近くの資料を手に取り、中身を見てみる。

残念ながら、ほとんど専門用語や研究のデータばかりで、何も分からなかったが、とある資料に刻印されたマークが目に入った。

「……何だこれは？」

そのマークは、人間と……人型の何かが交じり合ったような、不思議なものだった。

しかしそのマークを見た瞬間、俺の頭に痛みが走る。

「っ！」

それは前々から起きている、いきなり知識が流れ込んでくる時と似たような痛みだったが、何故か特にその知識が流れてくる気配がない。

しばらくの間痛みに耐えていると、段々その痛みは引いていった。

「……何だったんだ？」

このマークは一体……。

そんなことを考えている時だった。


「――――グォオオオオオオオ！」


「！」

突如、部屋の奥から凄まじい炎が噴き出してきた！

「なんだ⁉」

俺は咄嗟にその場から飛び退くと、噴き出した炎は周囲の研究資料や魔物たちを焼き尽くす。

しまった、何か一つくらい回収しておけばよかった……。

後悔するがもう遅く、部屋の奥から次々と炎が流れ込み、一瞬にしてこの研究部屋が炎の海となった。

すると、部屋の奥から悠然と何かが現れる。

「あれは……」

――そいつは、歪な存在だった。

立派な鬣を持つ巨大な獅子……【キング・ビースト】。

キング・ビーストは、1級の魔物で非常に危険な存在だ。

しかし、普通のキング・ビーストではない。

なんと、その背中には獣でもない、樹や岩でできた人間の腕が。

尾にはフォレスト・スネークを始めとした蛇型の無数の魔物が生えているのだ。

「……キマイラか」

キマイラは、人類が犯した禁忌の一つ。

本来相容れないはずの魔物を、人為的に改造した存在だった。

しかも、普通に従えるのではなく、様々な魔物の要素を継ぎ接ぎにし、操るのである。

キマイラの強さは、合成された魔物の強さによって変わる。

そんな中、目の前に現れたキマイラは、1級の魔物を素体にしつつ、【魔の森】の中級から上級まで、多くの魔物を使って生み出されたようだ。

……なるほど、どうりでダスト・マウスが棲みついたわけだ。

この研究所の人間が、目の前のキマイラを生み出すため、【魔の森】から様々な魔物を連れてきたため、その中にダスト・マウスもおり、一部が下水道に逃げ出したのだろう。

しかも、先ほど見た容器の中にはタイラント・ゴーレムもいたことから、この部屋の主は【魔の森】の奥地にまで入れる強さもあるみたいだな。

そんなことを考えていると、キマイラが再び炎を吐く。

「ガアアアアアアッ！」

「ふっ」

俺は横に避けると、すぐにキマイラに向かって駆け出した。

一応、炎に対する保険として、魔力で体は保護している。

その瞬間、キマイラの背中にあるタイラント・ゴーレムの腕が動く。

「グルル……ガアアアッ！」

「面倒だな……」

そのタイラント・ゴーレムの腕が伸びるや否や、腕に巻き付いていた樹の枝がこちらに襲いかかって来る。

俺はそれらを剣で斬り払っていると、今度は尾の蛇たちから毒らしきものが吐きかけられた。

「何でもありだな」

直接浴びることこそ避けられたが、避けたことで毒は煙のように部屋に充満した。

「グルル……」

それを見て、キマイラは嗤った。

恐らく俺が、毒で苦しむと思ったのだろう。

……ずいぶんと知能が高いな。

面倒な組み合わせの合成をしただけじゃなく、ある程度の知能まで有してるとは……。

だが……。

「よっ」

「ガアアアアアアッ!?」

俺は毒を無視し、そのままキマイラに接近すると、邪魔な蛇の尾とタイラント・ゴーレムの腕を斬り飛ばした。

するとキマイラは、俺が動けることが信じられないと言った様子で目を見開く。

「生憎だが、俺に毒は効かない」

どうしてなのかは分からない。

だが、師匠と過ごす中で、俺の特技というか、特異な点として分かったことだ。

まあ触れれば溶けるみたいな毒は話は別だが……。

「というわけで……」

「ガ、ガアアアアアアアアッ！」

最後の足掻きのように、キマイラが炎を吹き散らすが、俺はそれらを掻い潜り――――。

「ハアッ！」

「ガ――――」

キマイラの首を斬り飛ばした。

首を失ったキマイラは、数歩よろめくとその場に倒れ伏す。

完全に動かなくなったことを確認した俺は、改めて研究所に目を向けた。

「……はぁ、全部燃えちまったな」

何か一つでも残ってないかと思ったが、綺麗に燃え尽くされてしまった。

「何かあれば、師匠に調べてもらえるんだが……」

俺は協会に報告するつもりはなかった。

だって報告しちまったら、何があったのかを説明しなくちゃいけなくなるからな。

とはいえ、手紙を使えば、名前や師匠との繋がりから推測され、俺の正体がバレる可能性もあるし……面倒くさいが、直接会いに行くか。

「まあでも、何があったかだけは師匠に報告しとくか」

「それはいいとして……コイツをどうするかな？」

そう言って目を向けたのは、首を斬られたキマイラの死体。

キマイラは禁忌的な扱いを受けているものの、その素体となっている魔物によっては、非常に大きな利益をもたらす存在だ。

しかも今回のキマイラは、１級のキング・ビーストを素体にしており、継ぎ接ぎ部分も【魔の森】の凶悪な魔物ばかり。

素材としては、希少な魔物の詰め合わせでこれ以上ないほど優れており、ほとんどの冒険者はコイツを欲しがるだろう。

「一番簡単なのは焼却してしまうことだが……」

そうなると、俺はこの場所に魔力の痕跡を残すことになる。

結界魔法を解除した時や、キマイラの炎から身を護るために使った魔力は、特に痕跡が残るようなものでもなかったので遠慮なく使えたが、焼却となると魔法を使わなければいけないため、どうしても魔力の痕跡は残ってしまう。

……まあ下水道でダスト・マウスの焼却に魔法を使ってたんだし、今更かもしれないが、この場所で使わなければ、少なくとも下水道の存在とは別の人間だと思わせることも可能かもしれない。

「……よし！　放置するか」

下水道は基本的に誰も寄りつかないため、倒したダスト・マウスは責任をもって焼却処分したが、この部屋は違う。

たまたま部屋の主がいなかっただけで、その場所はまだ使われている様子だった。

だからこそ、部屋の主はこの場所に戻って来るはずだ。

「まあアレだけ手の込んだキマイラを用意していたくらいだし、放置することはないだろうな。あとの処分はそいつに任せよう」

できればそいつも倒してしまいたかったが、いつ戻って来るのかも分からない以上、待つのは得策ではないだろう。

そんなわけで、俺は倒したキマイラを放置すると、そのまま協会へと帰還するのだった。

＊＊＊

ブランが依頼の達成報告をしている頃。

下水道では――――。

「な……何故結界が破られている⁉」

一人の男が、目を剥いて叫んだ。

研究所への入り口は念入りに隠されていたし、何より下水道という誰も寄り付かない場所であったため、今まで誰にも知られることなくやって来れた。

しかし、男が研究成果の報告を行うため、出かけている間に、何とその研究所にかけていた結界魔法が破られていたのだ。

「馬鹿な、あり得ん！　誰からも見つからぬよう、結界魔法の効果には気を配った！　それこそ、魔法系の特級冒険者でもなければ見抜けぬほどの……！」

そう、男は組織の存在がバレてはならないとして、冒険者の中でも特級に位置するような連中でもなければ解除できない、結界魔法を使っていたのだ。

そしてこのクレットでは、特級冒険者がいるなんて話はなかった。

「こんな小国に特級の連中が来ているなんて情報は得ていないぞ！　ハッ⁉　そ、そうだ、研究所は⁉」

結界魔法が解かれていることで狼狽えていた男だったが、すぐに部屋の中に飛び込む。

だが……。


「な……何だこれはあああああああ⁉」


なんと研究所は、見るも無残な光景になっていた。

必死にかき集めた魔物は一つも残っておらず、しっかりまとめておいた研究書類もすべて、燃え尽きて灰になっているのだ。

「馬鹿な馬鹿な馬鹿な……！　き、キマイラは⁉」

慌てて部屋の奥に進む男。

だが……。

「あ、ああ、あああああああああああっ！」

そこには、首を斬られ、息絶えるキマイラの姿があった。

「誰だああああ！　我々の邪魔をするのはああああああっ！」

男は血走った眼で周囲を見渡すが、そこに魔法が使われた形跡はない。

「あり得ん……結界魔法を解除できるだけの魔法の実力がありながら、キマイラを相手に魔法を使ってないだとぉ？」

キマイラの首は、どう見ても何かで切断されたような断面をしている。

結界魔法が解除されていたことからも、魔法によって首をはねられたのだと推測していた。

しかし、この部屋で魔法が使われた形跡がないのである。

「部屋の様子から察するに、まだそれほど時間は経っていない……つまり、魔法を使っていれば、痕跡は確実に残るはずだ。それがないということは、魔法を使わずに倒した証拠……何者なのだ……！」

男はこの惨状を繰り広げた人物に怒りを抱くと同時に、その実力を畏れた。

「……『異空庫』」

男がそう唱えた瞬間、黒い渦のようなものが出現した。

するとと、男はそこに倒れていたキマイラの死体を収納する。

「……この場所がバレた以上、我々の存在に気づかれた可能性が高い。一刻も早く組織に知らせなければ……」

男はそう口にすると、改めて周囲を見渡し、証拠が残っていないか確認した。

そして、男は恨み節を続ける。

「……必ず、犯人を突き止めてやる」

そう言い残し、男は静かに去っていくのだった。

第六章

平穏

下水道の見回りの翌日。

またいつも通り採取系の依頼を受けるべく、俺は協会に来ていた。

……それにしても、あの部屋の主は何か行動を起こすのかね？

どのみち、面倒なことにならなけりゃいいが……。

そんなことを考えながら掲示板に向かうと、何やら受付が騒がしいことに気づく。

「だから、俺は今すぐ7級冒険者になりたいんだよ！」

そう叫ぶのは、赤髪の男性冒険者だった。

見た感じ、このクレット支部にいる冒険者の中でも比較的魔力量が多く、その立ち振る舞いからも、剣に覚えのある人間だということが一目で分かった。

そんな冒険者に詰め寄られているのは、いつも俺の受付をしてくれているリーナさんだった。

「だから、何か一つでいいから、８級の依頼をくれよ！　その依頼さえ達成できれば、俺は晴れて7級になれるんだよ！」

理由は分からないが、あの赤髪の冒険者は一刻も早く7級に上がりたいらしい。

急いで昇級してもいいことはないと思うんだがな……。

まあ俺には関係ないか。

改めて掲示板に向き直ると、リーナさんは、困った様子で答える。

「そう言われましても……依頼は基本的に依頼主がいてのものですから、こちらで用意すると言うわけには……9級以下の依頼でしたら、たくさんありますよ？」

「それじゃダメなんだ！　俺はあんなヤツと違って、一刻も早く7級に上がらなきゃいけねぇんだよ！」

ん？　俺のことか？

ふと視線を向けると、その冒険者は俺に蔑みの目を向けていた。

「いつまで経っても雑用しかしねぇ腰抜けに、俺はなるつもりはない」

「……」

雑用、いいんだけどな。

そんなに戦いたいものか。

それはともかく、依頼がないと言っている以上、リーナさんもどうすることもできないと思うが……。

そう思っていると、男が何かを思い出したように告げた。

「そうだ！　森の中の依頼はどうだ？　あの森に関する依頼なら、常設の8級依頼がいくつかあったろ？」

男の言う8級依頼とは、今は制限中の【魔の森】に関する依頼のことだろう。

とはいえ、その常設の8級依頼と言えば、大体は採取系で、男が嫌だと言った雑用に含まれるが……まあ早く7級になりたい今、8級の依頼ならそこは気にしないのかもな。

「下級冒険者の方々には、まだ【魔の森】に関する依頼は……」

「もういい加減いいじゃねぇか！　散々調べて、何もないんだろ？」

確かに、タイラント・ゴーレムが見つかってからだいぶ経つな。

まあ【第三の魔王】も特にこの街に向けて何かするつもりもないみたいだし、調べるだけ無駄かもしれんが……。

すると、リーナさんは一瞬言葉に詰まったのち、ため息を吐く。

「……はぁ。分かりました。ただ、私一人では判断できないので、ギルドマスターに聞いて来ます」

そう言うと、リーナさんは一度受付の裏に引っ込む。

それから数分後、リーナさんは巨漢を一人連れてやって来た。

……なるほど、あれがギルドマスターか。

タイラント・ゴーレムに関しての聞き取り調査の時にも会わなかったので、これからも目にする機会はないと思っていたが……。

見た感じ、４級くらいの実力か？

このクレット支部では一番の実力者だな。

すると、その巨漢は見た目通りの大きな声を出す。

「聞け！　私はギルドマスターのオーグだ。今まで【魔の森】に関する制限をかけていたが、これより解禁する！　ただし、今まで異変のなかった【魔の森】で予想外の事態が起きた以上、何か少しでも異変があれば、こちらに報告するように。以上！」

そう言うと、巨漢……オーグさんは戻っていった。

そしてリーナさんは、改めて赤髪の冒険者の対応を再開する。

「……ということですので、【魔の森】の依頼が解禁されました」

「よし！　それじゃあとっととその依頼を――」

「ですが、８級の常設依頼は、オレムの実の採取のみとなりますが、よろしいでしょうか？」

「なっ……と、討伐依頼はないのかよ？」

「ありません」

キッパリと言い切るリーナさんに、赤髪の冒険者は一瞬口をつぐむと、渋々と言った様子で口を開く。

「……分かったよ、それでいい。それでいいから、早く手続きをしてくれ！」

「かしこまりました」

そう言うと、リーナさんは手早く手続きをし、それを受け、男は協会を去っていった。

その様子を見送りつつ、俺はいつも通り薬草採取の依頼を手にすると、空いたばかりのリーナさんの下に向かう。

「災難だったな」

「ブランさん！　いえ、それで言えば、ブランさんだって……」

「いや、実際に雑用系しか受けてないわけだしな。別に気にしないさ」

「雑用依頼も立派な依頼なんですけどね……それはともかくとして、ブランさんは討伐依頼を受けるつもりは？」

「ない」

「……でしょうね」

勘違いしてほしくないのが、討伐依頼を受けないだけで、邪魔な魔物が現れればちゃんと倒している。

ただ、普通の冒険者は依頼外でもその倒した魔物を持ち帰り、協会で換金してお金を得るわけだが、俺は別にお金に困っていないため、倒した魔物を持ち帰ることはなかった。

下水道のような、閉鎖的な場所で魔物を倒した場合は、ちゃんと処理した方がいいが、平原や森など、自然下では倒した魔物を放置しても、生態系の一部として自然に還るので、気にする必要はない。

「そうそう、先ほど宣言された通り、【魔の森】が解禁されましたが、どうです？」

「いや、今日は平原の薬草採取をしようと思ってる」

「そうですか……」

そう言うと、リーナさんは何故か肩を落とした。

「どうした？」

「いえ、その……先ほどの冒険者、ガジルさんって言うんですが、そのガジルさん、あまり採取依頼をされたことがなく……その、オレムの実が分かるかも怪しいんですよ」

「えぇ……？」

オレムの実が分からないのに、あの依頼受けたの？

俺の心の声が伝わったらしく、リーナさんも苦笑いを浮かべていた。

「まあガジルさんにも理由がありまして……」

「そう言えば、早く昇級したいみたいなことを言ってたな」

「はい。彼の家、とても貧乏なんですよ。父親はいないらしく、母親に女手一つで育てられたそうなんですが、無理がたたって体調を崩し……その上、幼い妹たちもいるため、少しでも早く昇級して、家族に楽をさせてあげたいらしいですよ」

「なるほどな」

「ともかく、ガジルさんではオレムの実を採取できずに終わるかもしれないので、慣れてるブランさんに手伝っていただけたらと……」

「ふむ……」

……そう言えば、俺と【第三の魔王】が戦った影響で、森の生態系に影響が出てるとも限らない。

そこら辺の確認をするためにも、森に行っておくか。

「分かった。それじゃあ平原の依頼と、森の依頼の二つ、受けるよ」

「ありがとうございます！」

俺はリーナさんに手続きをしてもらい、まず最初に平原の薬草採取を終わらせるため、街を出るのだった。

＊＊＊

「クソッ！　どこにオレムの実があるんだよ！」

俺……ガジルは、一刻も早く7級に昇級するため、8級の依頼であるオレムの実の採取に来ていた。

本当は報酬がいい討伐依頼を受けたかったんだが、こればかりは仕方がない。

どのみち、9級の討伐依頼よりは8級の採取依頼の方が稼げる。この依頼さえ達成できれば7級になれるのだ。

まず昇級するための条件は、自身より下の階級の依頼を50達成するか、同じ階級の依頼を30以上達成、もしくは一つ上の階級の依頼を10達成する必要があった。

他にも、達成した依頼の階級の平均などを見て、ギルドが昇級を許可する場合もある。

ただ当然、階級が上がれば上がるほど、依頼の難易度は上昇し、自身より一つ上の階級依頼を安全に受けられるのは、せいぜい9～7級の下級冒険者だけの間だ。

そして俺は8級であり、あと一つ8級の依頼さえ達成できれば、7級に昇級できるのだ。

だからこそ、俺はそのオレムの実の採取を選び、こうして森に来たのだが……。

「本当にあるのか？」

早く7級に昇級したいがあまり、俺はオレムの実を調べることをしなかった。

何より、森にいけば、それっぽい木の実くらい見つかるだろうと思っていたのだ。

しかし、いざ入ってみると、辺り一面にあるのは普通の樹木ばかりで、木の実がなっているような樹は見当たらない。

「もっと奥に行けば……」

――――ここで素直に引き返し、オレムの実について調べるだけの余裕が、俺にはなかった。

何故なら、母ちゃんが体調を崩したことで、その薬を買うために今すぐにでも金が必要だったからだ。

母ちゃんが言うには、過労で体調を崩しただけって話だが……俺たちのような貧乏人は、体が弱っただけでも命取りである。

普段から栄養のある食事をとれていない上に、住んでる環境はお世辞にもいい場所とは言えない。

少しでも早く治すためには、薬と金が必要なのだ。

幸い俺は、冒険者の道に進むことができている。

というのも、今は亡き親父が、俺に剣術を教えてくれたからだ。他の冒険者と比べても、技術は身に付いている方だという自負がある。

そんな親父も、依頼で呆気なく死んじまった。

だから俺が、母ちゃんたちを支えなきゃいけねぇんだ……！

「クソッ……早く見つけて――」

「――ゲェエエエ」

「なっ⁉」

突如、鋭い何かが俺に飛んで来た。

俺は咄嗟に剣を構えると、凄まじい衝撃に襲われる。

「くぅ！　何が……」

「ゲェコ」

「【マッド・フロッグ】か！」

先ほどの攻撃は、８級の魔物である、マッド・フロッグによる舌の攻撃だったようだ。

マッド・フロッグは再び口を開くと、今度は泥の弾を打ち出す。

「クソッ！」

俺はそれを転がりながら避けると、急いでマッド・フロッグとの距離を詰めた。

「邪魔をするなッ！」

「ゲェコ！」

しかし、マッド・フロッグはその場から飛び跳ね、俺の攻撃を避ける。

まだだ、もう一度……！

「ハアアアッ！」

「ゲェコ、ゲェ……ッ!?」

再びマッド・フロッグに斬りかかると、マッド・フロッグは一瞬、また飛び跳ねる動作を見せた。

だが……。

「え？」

「ゲェエエエエエ!?」

突如、マッド・フロッグは雷に打たれたように硬直した。

その結果、俺の斬撃がマッド・フロッグを大きく斬り裂き、そのまま倒れ伏す。

「な、何だったんだ？」

いきなり固まったマッド・フロッグに首を傾げていると、不意に凄まじい気配が俺を襲う。

「な、何だ……!?」

気配を感じた瞬間、俺の背筋は凍りつき、その場から身動きが取れなくなる。

そして――――。

「ガッ⁉」

――何かが、俺の脇腹を強く打った。

まったく身動きが取れず、未知の攻撃をもろに喰らった俺は、大きく吹き飛ばされると、近くの樹に叩きつけられる。

「ガハアアッ！」

な、何が起きたんだ……！

痛む体を庇うように動かすと、霞む視界に何かが蠢くのが見えた。

「シュルルルル……」

「ま……マジかよ……」

――その正体は、６級の魔物……【アサシン・スネーク】だった。

全長５メートルは超えるであろうアサシン・スネークは、一目見た相手の動きを止める特殊な眼と、一切音を立てない動作によって、気配を悟らせることのない強者だ。それによって多くの獲物を仕留めている。

コイツに睨まれれば、一目で動きを封じられ、気づいた時には、そのままヤツの腹の中だ。

恐らく、あのマッド・フロッグが突然固まったのも、コイツに視られたからだろう。

そして俺も……。

「奥に……入り過ぎた、のか……」

俺はオレムの実を探すことに夢中で、森の奥地に踏み入り過ぎてしまったのだ。

その結果、コイツに襲われ、死にかけることに……。

後悔する俺をよそに、アサシン・スネークが、巨大な顔をこちらに向け、口を開く。

……ああ、俺、ここで死ぬのか。

絶望と諦めが同時に襲い、今まさに食われる……と思った瞬間だった。

「シャアアアアアアア⁉」

「？」

突如、アサシン・スネークが悲鳴を上げ、硬直した。

何が起こったのか分からずに呆然としていると、不意にアサシン・スネークの首がズレ落ちる。

そして、頭を失ったアサシン・スネークから、凄まじい血飛沫が吹き上がり、俺を濡らした。

「な、何が……」

霞む視界の中、アサシン・スネークの首を見やると、鋭利な何かで斬り飛ばされたかのような、綺麗な断面だった。

何が起きたのか、分からない。

だが、もしこれが別の魔物による仕業なのだとしたら、どのみち俺の死は免れないだろう。

徐々に体の感覚も失いつつある。死を前にして家族のことが頭を過っていると、不意に足音が耳に届いた。

そして……。


「ん？　アンタは……」


――――そこに現れたのは、【雑用係】と呼ばれる冒険者だった。

ど、どうしてここに……。

予想外の人物の登場に驚いていると、雑用係はこちらに近づいてくる。

「派手にやられたな。ほら、これ飲め」

そう言って雑用係は、俺の口に何かを押し当てた。

よく見ると、それは瓶に入った回復薬のようで、中身の液体が俺の口に入って来る。

何とかそれを飲み干した瞬間、俺は目を疑った。

なんと、一瞬にして俺の体が回復したのだ。

回復薬と言っても、色々存在する。

俺が母ちゃんのために求めてるような回復薬は、下級冒険者がギリギリ買えるかどうかといった値段で、効果も大したものではない。

それでも、多少の傷や病気は治してくれるため、庶民には欠かせないアイテムだった。

しかし、先ほどまでの俺の状態は、そんな回復薬では回復できるものではない。

なんせ、全身の骨が砕け、内臓も潰れていたはずだ。

そんな傷を回復させるとなると、回復に特化した技能を持つ者か、教会の上級神官、または超高価な回復薬くらいだろう。

そして今、俺が回復したということは、あの雑用係が飲ませた回復薬は、その超高価なものということになる。

体が回復したことで意識も安定した俺は、呆然と雑用係を見上げた。

「ど、どうして……どうして俺に回復薬を……」

「は？　いや、死にそうだったからだけど……」

何を言ってるんだ？　と言わんばかりに、雑用係は首を捻る。

まさか、コイツ、あの回復薬の価値を知らないのか⁉

「お、お前！　今お前が使った回復薬は、そんじょそこらで買えるようなものじゃないんだぞ⁉　値段だって百万ベルクはするはずだ！」

「そうか」

「そ、そうかって……」

ここまで説明して、コイツは何も理解できてねぇのか？

唖然とする俺に対し、雑用係はあっけらかんと答えた。

「まあいいじゃないか。助かったわけだし」

「そ、それは！　……感謝してる。でも、あの回復薬の金を払うなんて俺には……」

「別に金が欲しくて助けたわけじゃないし、いいよ」

「お前話聞いてたか!?」

どこの世界にあんな高価な回復薬をポンと渡すヤツがいるんだよッ！

だが、雑用係は一切態度を変えることはなかった。

「聞いてたよ。なんか知らんが、あの回復薬は高いんだろ？」

「そ、そうだ！」

「で？」

「は？」

「高いから何なんだ。俺が使いたいと思って使ったんだし、いいだろう」

「そ、それは……」

確かに、コイツの物をコイツがどう使おうが、俺がどうこう言う資格はない。

だが……。

「……お前、あの協会で俺の言葉聞いてたろ？　俺はお前を馬鹿にしたんだぞ。そんなヤツにどうして……」

「まあ実際その通りだし、何とも思ってないからな」

「だとしても……そんな簡単に使っていい代物じゃないだろ……もし万が一、お前が俺と似たような状況になった時、もう回復薬はねぇんだぞ？」

そう告げると、何故か雑用係は一瞬きょとんとした表情を浮かべた後、すぐに苦笑いを浮かべた。

「……ああ、そうだな。まあでも気にするな。俺は知っての通り、【雑用係】だからな」

それだけ言うと、雑用係は立ち上がる。

「さて、もう動けるだろ？ さっさと依頼を片付けよう」

「え？ 依頼？ いや、待て、どうして俺がまだ達成できてないって……」

俺がそう言うと、雑用係は笑った。

「だってこんな奥地にオレムの実はないからな。ということは、見つけられなくて奥に行ったってことだろう？」

「それは……」

実際その通りで、俺は何も言い返せなかった。

「それに、リーナさんからも頼まれたからな」

「え？」

「頼まれたって言っても、俺にもオレムの実を採取してきてくれって言われただけなんだけどさ」

「……」

つまり、あの受付は、俺がこの依頼を失敗すると思い、普段から雑用係としてオレムの実を採取しているコイツにも頼んだのか……。

その事実に気落ちしていると、雑用係は続ける。

「とにかく、早く依頼を終わらせよう」

「……分かった」

こうして雑用係に連れられる形で、俺はオレムの実の場所まで案内される。

そこは確かに森の浅い部分だったが、街からはそこそこ離れており、道順などをしっかり記憶していなければ迷いそうだった。

「さ、ここにオレムの実がある」

「これが……」

俺は樹に近づき、依頼の数だけ採取する。

だが……。

「ああ、そんな乱暴にちぎるな。ちゃんと実の軸から刃物で切り取れ」

「な、何でだよ」

「傷がつくと傷むのが早いし、鮮度が落ちるとオレムの実の効果が薄れるんだよ」

「そ、そうなのか……」

俺は言われた通りナイフを取り出し、改めてオレムの実を採取していく。

すると、俺の隣で同じように採取していた雑用係が口を開いた。

「ちなみにだが、オレムの実は、滋養強壮と体力回復用の回復薬に使われる」

「え？」

「お前の母親、今体調崩してんだろ？」

「ど、どうしてそれを……」

「今そんなことはいいだろ。それより、お前の母親を治すために必要な回復薬……それの原料の一つが、このオレムの実なんだよ」

「あ……」

俺は、この実が何に使われるのか、まったく知りもしなかった。

それどころか、この実のある場所も、採取の仕方も、何も知らなかったのだ。

その事実に気づき、呆然としていると、雑用係は真剣な表情で続ける。

「いいか、お前が採取を軽んじるのは勝手だが、誰かが採取しなきゃ、そのための薬すら作れない。採取だけじゃない、雑用だって、誰でもできることだが、誰かがやらなきゃ、一生それは終わらないんだ。世の中の仕事ってのは、そうやって回ってるんだよ」

「……」

俺は、雑用係の言葉に何も言い返すことができなかった。

「あと、ずいぶんと生き急いでるようだが、無理をして死んだら元も子もないだろ。お前、家族を養うんだろ？」

「ああ」

「なら、何が本当に大切なのか、今一度考えるんだな」

「……」

そこまで語ると、雑用係はふと何かを思い出した。

「そうだ、お前の近くに倒れてたでけぇ蛇、持って帰れば少しは金になるんじゃないか？」

「あ……そ、そう言えば、どうしてあの蛇は死んだんだ？」

そう言うと、雑用係は一瞬目を逸らす。

「さ、さあな。まあでも、あそこで話してた時、何か魔物が出たわけじゃないし、たまたま死んだんだろ」

「んなわけないだろ!?」

たまたまで死んだって……それであんな綺麗な断面が見えるほど、首が斬り落とされるとか恐怖でしかない。

「これはちゃんと協会に報告しねぇと」

「そ、それは別にいいんじゃないか⁉　運よく生き残ったんだしさ！」

「必要だろ。じゃないと、７級にすらなってない俺がどうしてあの魔物を持ち帰れたのか説明できねぇし」

「お前が倒したってことでいいだろ」

「そんなことできるか！　ともかく、このことは協会に報告だな……」

「……」

何故か分からないが、雑用係は遠い目をしていた。一体何なんだ？

……いや、それよりも、いい加減雑用係ってのはよくないな。

「なあ」

「協会への報告を考え直したか⁉」

「なんでだよ。いや、そうじゃなくて……アンタ、名前は？」

「え？」

「その……俺はアンタのことを【雑用係】って呼ばれてることしか知らないからよ……」

するとと雑用係は一瞬呆けると、笑みを浮かべる。

「……ブランだ」

「そう、か。俺はガジルだ。その……助けてくれて、ありがとよ」

「気にするな」

俺の言葉に気持ちのいい笑みを浮かべたブラン。

そして……。

「ところで協会への報告は……」

「するっつってんだろ！」

……いいヤツだが、変わった男だと思うのだった。

＊＊＊

ガジルとの依頼から数日後。

俺は新たな雑用依頼を受け、その依頼先に向かっていた。

ただ、今回はいつもと少し違っていた。

それは……。

「ブランさん、よろしくお願いしますね！」

なんと、アリアが今回の雑用依頼に同行しているのだ。

「ついてくるのは構わないが……いいのか？　今回は別に、薬草採取じゃないぞ」

「もちろんです！　それに、今回の依頼は街の住民からのものなんですよね？」

「まあな。というより、雑用依頼はほとんどそうだな」

中にはギルドからのものもあるが、大体は街の住民による依頼だ。

討伐系になってくると、街の領主からだったりする場合が多い。領主は住民の安全を守る義務があるからこそ、冒険者に依頼するというわけだ。

「前にも話しましたが、私は皆から頼られるような冒険者を目指しているんです！　だから、できるだけ街の皆さんの依頼には応えたいなと……」

アリアはそう語ると、少し照れ臭そうに笑った。

俺は０級冒険者になってようやく街の皆からの依頼が大切だと気づいたわけだが、アリアは違う。

最初から雑用と呼ばれる依頼が大切なことを理解し、積極的に受けようとしているのだ。

それだけで、彼女がいかに素晴らしい冒険者になる素質があるか分かる。

そんなことを考えていると、アリアはふと表情を暗くした。

「ただ、大丈夫でしょうか？　今回の依頼は確か、羊のお世話でしたよね？」

「そうだな」

俺たちが受けた依頼は、家畜として飼われている羊の世話の手伝いだった。

「私、羊さんの世話の経験はないんですが……」

「依頼にも特に経験の有無は書かれてなかったから、問題ないと思うぞ。それに、俺たちはあくまで手伝いで、主な作業は依頼主が行うだろう」

「なるほど……！」

そんなことを会話しながら歩いていると、目的地にたどり着く。

すると、そこには牧草地帯が広がっていた。

その光景を眺めつつ、近くの小屋に向かうと、扉をノックする。

「すみません！　冒険者ギルドから、依頼を受けて来ました！」

「はーい！」

声が聞こえてくると、少しして一人の女性が姿を現した。

どこかおっとりした印象の中年女性は、俺たちの姿を見ると目を見開く。

「まあまあ！　二人も受けてくれたのね！」

「ええ。あ、俺はブランです。そして……」

「あ、アリアです！　よろしくお願いします！」

俺に促される形で挨拶をしたアリアは、勢いよく頭を下げた。

その様子を見て、中年女性は頷く。

「ご丁寧にどうも。私はメグよ。早速だけど、仕事をお願いしてもいいかしら？」

「もちろんです」

メグさんから簡単に仕事の説明を受ける。

その内容としては、まず寝床である小屋にいる羊たちを外に出して、小屋の掃除をすること。

そのあとは、再び小屋に羊たちを入れる作業をしてほしいというものだった。

ただ、一つ予想外だったのは、メグさんがこの後用事で出かけるらしく、俺たちがメインとなって作業をする必要があることだった。

「こんな感じだけど、お願いしてもいいかしら？」

「が、頑張ります！」

とはいえ、頼まれたからには全力を尽くすだけだ。

説明を受けた後、メグさんは早速出かけていき、俺たちはメグさんを見送ったのち、仕事を開始した。

「さて、俺たちも仕事を始めるか」

「はい！　まずは、羊たちを小屋から出すんですよね？」

「そうだな」

小屋に向かい、中に入ると、羊たちがたくさん押し込められていた。

「うわぁ……もこもこですね！」

アリアの言う通り、羊たちはまだ毛刈りをされておらず、すごくもこもこだった。

「そうだ！　私が羊たちを外に出すので、ブランさんは掃除道具の準備をお願いします！」

「一人で大丈夫か？」

「大丈夫ですよ！」

「まあアリアがそう言うのなら……」

アリアの言葉に頷き、俺は掃除道具を取りに向かった。

そして掃除道具の準備が終わると、再び小屋に戻る。

すると……。

「ひ、羊さん！　外に出ましょう！」

「「メェ～」」

「ぜ、全然動いてくれない!?」

俺が戻って来ても、未だに一匹も羊は外に出ていなかった。

そう、羊たちは、アリアには見向きもせず、思い思いに小屋の中でゆったりとくつろいでいたのだ。

何とか一匹でも外に出そうと、立っている羊を押し出すのだが……。

「ひ、つ、じ、さん……！　動いて……！」

「メェ！」

「きゃっ!?」

「おっと」

羊は煩わしいと言わんばかりに体を揺すり、アリアを弾き飛ばした。

咄嗟にアリアを抱きとめると、アリアは頬を赤く染める。

「あ……す、すみません」

「気にするな。それにしても、見事に相手にされていないな」

「うぅ……まさかこんなに難しいなんて……」

「メェ」

「は、鼻で笑われたぁ！」

うぅん……中々いい性格をしているな。

肩を落とすアリアを慰めつつ、俺はアリアに掃除道具を預ける。

「それじゃあ俺がやってみよう。アリア、掃除道具を頼むな」

「え……だ、大丈夫ですか？」

「さあな……」

魔物はいくらでも相手にしてきたが、動物と触れ合った経験はそうない。

せいぜい、以前受けた依頼の、猫くらいだろう。

とはいえ、このままではいつまで経っても掃除ができないので、やるしかない。

俺はため息を吐きながら、羊小屋に足を踏み入れた。

その瞬間、羊たちの視線が俺に向く。

すると羊たちは一瞬、俺のこともアリアのように無視しようとしたが、何故か途端に震え出した。

というのも、先ほどアリアが散々舐められていたので、俺は少し威圧しながら入ったのだ。

ただ、こんなに震えるほど威圧したつもりはなかったのだが……。

まあ馬鹿にされるよりはいいだろう。

「出ろ」

「「メ、メェ！」」

一言そう命令すると、羊たちは一斉に立ち上がり、キビキビとした動きで羊小屋から出てきたのだ。

そんな羊たちを見て、アリアは呆然とする。

「う、嘘……羊さんたちが従ってる……」

俺も予想外だったが、命令を聞いてくれる分にはありがたい。

「ひとまず羊が全部出たから、掃除をしよう」

「あ、はい！」

俺たちはすぐに羊小屋の掃除に取りかかった。

すると、アリアが口を開く。

「それにしても……さっきのはどうやったんですか？」

「え？」

「ほら、『出ろ』の一言で羊さんを動かした……」

「うーん……そう言われてもな……」

別に魔力も魔法も使っていないし、特別何かしたつもりはないんだが……。

そこまで考えて、一つだけ意識したことを思い出した。

「そうだ、少し威圧するつもりでやったな」

「い、威圧ですか？」

「ああ」

あそこまで効果があるとは思いもしなかったが、俺の威圧を受けて、羊は俺を上位者として認識したんだろう。

魔物はほとんど理性なく人間を襲うため、威圧が効かないから、あまり使うことはない。

だが、盗賊のような人間を相手にする時には度々使っていたのだ。

……よくよく考えれば、盗賊相手に使った時は、失禁されることがほとんどだったな。

手加減していても、まだ威圧が強かったのかもしれない。

それに、ナチュルの話では、俺の心臓は【第六の魔王】のものだって言うし、もしかすると動物の本能でそれを感じ取ったのかもな。

そんなこんなで掃除を終えた俺たちは、再び羊たちを小屋に戻すことにした。

「羊さーん！　戻ってくださーい！」

「メェ」

「また鼻で笑われた⁉」

「……戻れ」

「「「メ、メェッ！」」」

「うぅ……どうして……」

再びアリアは羊に鼻で笑われ、またも俺が指示を出すことで、無事羊を小屋に戻すことに成功するのだった。

こうしてすべての作業を終えて待っていると、用事を終えたメグさんが帰って来る。

「全部任せちゃってごめんなさいねぇ！　大丈夫だった？　ウチの子たち、気難しいから大変だったでしょ？」

「そ、そうですね……は、ははは……」

どこか引きつった笑みを浮かべるアリア。

何はともあれ、無事に依頼を終えることができたのだった。

エピローグ

「俺、ひと月ほど休むことにした」

「え？」

アリアとの依頼から数日後。

俺は協会を訪れると、受付のリーナにそう告げた。

しかし、リーナは一瞬呆けた表情を浮かべ、首を傾げる。

「は、はあ……そうですか？」

「ん？　どうした？」

「いえ、どうしたはこちらのセリフなんですが……なんでわざわざ報告に？」

「報告は必要じゃないのか？」

「別にいりませんけど……」

「え」

そんな馬鹿な⁉

黒帝時代は、理由なく休むなんて許されず、必ず休む際は報告が必要だった。

この間のナチュルに遭遇した時が特殊だっただけで、基本的に報告は必要だと俺は思っていた。

すると、リーナさんは首を傾げる。

「あの、確かに何もないまま数日顔を見ないと心配はしますが、冒険者の皆様は基本的に自由な職業ですし、休みも自由にとっていただいていいんですよ？」

「そ、そうか……」

……俺は未だに黒帝としての習慣が抜けていないようだ。

一日、二日程度なら、俺も気軽に休めるようになったものの、一週間を超える休みは必ず報告が必要だと思い込んでいた。

実際、報告しなければ協会や貴族どもが意地でも俺の場所を探し出して、色々な依頼を持ってきたものだ。

だが、今の俺は黒帝じゃない。

別に報告しなくても、誰も困らないのだ。

そのことに安心していると、リーナさんが微笑む。

「でも、分かりました。長期休暇ということですが、どこか行かれるんですか？」

「少し故郷の方にな」

「へぇ！　ちなみにどちらです？」

「レディオン帝国だ」

「なるほど、確かにレディオン帝国なら、それくらいの期間は必要ですね」

ここからレディオン帝国まで、何事もなく移動できれば行きと帰りで大体二週間くらいの旅程になる。

リーナさんは納得した様子で頷くと、ふと何かに気づく。

「レディオン帝国と言えば、昔は黒帝様が凄く活躍されてましたよね。今頃何してるんでしょう？」

「……さあな。楽しくやってるんじゃないか？」

「楽しく、ですか？　確かに、当時は黒帝様の名前を聞かない日はありませんでしたもんねぇ。今考えると、他の特級冒険者に比べて、黒帝様は働き過ぎでしたよね」

「……」

やはり、当時の俺の依頼の受注頻度はおかしかったようだ。

まあ実際、ほぼ毎日依頼を受け続けてたわけだしな。

当時の俺はそれがどれだけおかしな状況なのかすら、気にも留めなかったわけだ。

ようやく人間らしくなったおかげで、あの状況が異常だったって思えるようになった。

……というか、他の特級の連中は何をやってるんだ？

数回程度しか顔を合わせたことはないが……まあ俺がいなくなった穴は、ヤツらがうまい具合に埋めてくれているだろう。

そんなことを考えつつ、リーナさんに挨拶を告げると、俺は協会を出る。

「さて……行きますか」

今回、俺がレディオン帝国に帰る理由はただ一つ。

それは師匠に会うためだ。

というのも、この休みの間に俺は師匠の下に向かい、そこでこの間の下水道での一件について報告するつもりだった。

……あの謎の組織について、師匠だったら何か知ってるかもしれないしな。

「師匠に連絡は……まあいいか」

俺が帝国に着けば……師匠なら気づくはずだ。

改めて旅支度を終えた俺は、レディオン帝国に向けて出発するのだった。

＊＊＊

――これはまだ、ブランがクレットに来たばかりの頃。

【天雷山】では、一人の女性冒険者が、長い任務に就いていた。

そこは常に雷が降り注ぐ山と呼ばれ、4級以上の魔物が蠢く超危険地帯である。

そんな過酷な場所に、実に四年もの間、その女性冒険者は依頼のため、留まっていた。

「ようやく追い詰めたぜ、『聖雷獣』！」

長い金髪に、青い瞳が特徴的な女性冒険者が、獰猛な笑みを浮かべる。

この女性冒険者こそ、天雷山の依頼を受けた、1級冒険者のレジーナだった。

「ガルルルル……」

そんなレジーナに相対するように、一体の魔物が威嚇の声を上げる。

それは青白い雷が迸る白い毛と、赤黒い雷が迸る黒い毛を持つ白い虎だった。

背中には立派な翼が生えていただろうが、今はそれも千切れている。

この白虎……『聖雷獣』こそ、レジーナが四年もこの地で過ごすことになった原因だった。

この地に来たばかりの当初は、レジーナは聖雷獣を発見して戦いを仕かけるも、その強さに圧倒されていた。

それもそのはず、この聖雷獣は1級に指定される超危険な魔物であり、特級冒険者でもない限り、一人で相手取るような存在では決してなかった。

だがレジーナは1級冒険者で、本来ならパーティーを組んで討伐するのが普通である。

それでも彼女は己の目的のために、一人で戦う道を選んだのだ。

こうして初邂逅にして敗北を喫したレジーナだったが、それでもレジーナは諦めることはなかった。

それどころか、この天雷山に籠り、聖雷獣を相手にできるよう、修行を始めたのだ。

しかもある程度実力がつくたびに聖雷獣に戦いを挑み、また負けては挑んでを繰り返していった。

その結果、長い戦闘の中でどんどん成長していくレジーナに対し、ついに脅威を感じ取った聖雷獣は、彼女から逃げ始めたのだ。

——こうして彼女と聖雷獣の長い鬼ごっこが始まり、その終わりが今日見えたのだ。

「お前と戦うのも今日で最後だ」

「グオオオオオッ！」

近づくレジーナを遠ざけようと、聖雷獣は周囲に青白い雷と赤黒い雷を落とすが、それらすべてをレジーナは華麗に避けていく。

周囲は崖に覆われ、自慢の翼はすでにボロボロ。

もはや聖雷獣に逃げるすべはない。

だが、それに比例して、彼女もまた、満身創痍だった。

ここまで追い詰めるため、色々無茶をしたからだ。

「お前には本当に手こずらされたよ。だが、おかげでアタシも強くなれた」

「ガアアアアアアアッ！」

聖雷獣は、極限まで圧縮した雷の光線を解き放つ。

その光線は凄まじい速度でレジーナに迫るも、レジーナはそれを冷静に見つめていた。

そして……。

「ハアアアアアアアッ！」

手にした短剣を光線にぶつけると、光線はそのまま斬り裂かれる。

斬り裂かれた光線はレジーナの背後に着弾すると、大地がはじけ飛んだ。

「相変わらずえげつねぇ威力してんな。だが……『天雷装』！」

「ガアアッ!?」

レジーナが魔法を唱えると、上空から一筋の雷が落ちる。

しかも、その雷はレジーナに直撃したのだ。

だが、雷を受けたレジーナの体にはダメージを受けた形跡はなく、そのまま体に黄金の雷が帯電している。

「――――これが、アンタを殺すために生み出したアタシの魔法だ」

「グオォオオオオオッ！」

聖雷獣は、目の前のレジーナから最大級の脅威を感じ取り、周囲に青白い雷と赤黒い雷を降らせるだけでなく、その二つを掛け合わせた雷の光線を吐き出した。

まさに聖雷獣の必殺技であり、これを受けて無事な存在はいなかった。

――――そう、今までは。

「ガアッ!?」

なんと、レジーナは迫りくる雷を、避けることも防ぐこともせず、そのまま受け入れたのだ。

　触れただけですべてを焼き尽くし、吹き飛ばす威力がある雷を受けたレジーナだったが、その雷はレジーナが纏う雷にすべて吸収され、レジーナの体から青白い雷と赤黒い雷が帯電し始めた。

　その信じられない光景に聖雷獣が呆然とする中、レジーナは獰猛な笑みを浮かべる。

「これで、アンタの技はすべて吸収した」

「グ、グオ……」

　後ずさる聖雷獣に対し、レジーナは一歩踏み出すと、聖雷獣はその瞬間、レジーナの姿を見失う。

　そして――――。


「あばよ」


　レジーナは、手にした短剣で、聖雷獣の首を斬り落とした。

　聖雷獣を斬り倒した余韻に浸る中、レジーナの体に纏っていた雷が消えると、レジーナはそのまま大の字に倒れる。

「倒したぞおおおおおおおおお！」

歓喜の声を上げるレジーナは、すぐに起き上がると、聖雷獣の亡骸に目を向けた。

「何度コイツに殺されかけたか……だが、倒した。倒せたんだ……！」

抑えきれない喜びに、レジーナは笑みを浮かべる。

そして、空を見上げた。

「これで……あの人に近づけるはずだ！」

――こうして四年という長い戦いを終えたレジーナは、ようやく本拠地であるレディオン帝国に帰還した。

ここまでレジーナが頑張ってこれたのは、ひとえにとある人物に近づきたいがため。

そのためだけにここまで頑張って来たのだ。

だが……意気揚々と帰還したレジーナを待っていたのは、予想外の知らせだった。

「は？　こ、【黒帝】が……辞めた……!?」

今まで天雷山に籠り切っていたレジーナは、【黒帝】が冒険者を辞めたことを今まで知らなかったのだ。

そして、彼女がここまで頑張ってきた理由。

それはまさに、【黒帝】の隣に並び立つためだった。

「う、嘘だ。あの人が辞めたって……」

「信じられないかもしれないですが、事実ですよ。それで言いますと、私どもからしたら、四年間も依頼に取り組んでいたレジーナさんも十分信じられませんが……」

どこか呆れた様子の受付だったが、レジーナの耳には届いていなかった。

それもこれも、レジーナが強くなるために頑張っていたのは、【黒帝】のためだったからだ。

すると、受付は続ける。

「はぁ……未だに【黒帝】様が抜けた穴は大きく、今まで黒帝様が受けてくださっていた貴族からの依頼など、今も何とかして対応している状況なんです。ですが、レジーナさんが帰還されたおかげで、そちらの依頼も片付きそうですね！」

「……」

「あ、あの、レジーナ様？」

「────してやる」

「え？」

聞き返す受付に対し、レジーナは決意に満ちた表情を浮かべた。

「アタシが、探し出してやる！」

「え！　れ、レジーナ様⁉」

レジーナは受付の言葉に耳も傾けず、協会を後にした。

「クルール様なら、【黒帝】様の居場所を知っているかもしれない……！」

そして、何とか【黒帝】の手がかりを得るため、【黒帝】の師匠であるクルールの下に向かうのだった。

＊＊＊

「グルル……」

「ガアアアアアアア！」

「グオオオオオッ！」


――――ブランが【黒帝】を辞めた日。

紫に染まる空に、漆黒の大地。

草木は枯れ、上空はドラゴンが飛び交い、地上は凶悪な魔物がひしめき合っていた。

とてもではないが、人が住めるような環境ではない。

だがそんな危険な場所に、一つだけ城が建っていた。

その城にある君主の間にて、一人の女性が悠然と玉座に腰をかけている。

「……」


漆黒の髪に、赤い瞳。

その身に流れる魔力は、まさにすべてを塗り潰すかのように強烈で、この場所すべてを支配していた。

この女性こそ、【第一の魔王】にして【魔大陸】の支配者――リリスだった。

リリスは虚空を眺めると、不愉快そうに顔を歪める。

「……黒龍が死んだ」

それは、【黒帝】……ブランによって、黒龍を倒されたことにより、黒龍の主であるリリスは、それを感じ取ったのだ。

「……あり得ない。人間程度に、あの子が殺せるはずがないもの。でも、殺された。それは何故？」

誰もいない部屋で、自問自答を繰り返すリリス。

そして……。

「ああ……ずいぶんと不愉快な魔力ね。何故かしら？」

黒龍と繋がっていたリリスは、倒したブランの魔力を感じ取っていた。

そして、そのブランの魔力が、リリスは不愉快でならなかった。

「何故かは分からないけど、私の子を殺した人間の魔力が不愉快だわ。今すぐ殺してあげたいけど、身動きが取れないこの状況もとっても不愉快……」

そう口にしながらリリスが指を鳴らすと、目の前に魔法陣が出現する。

すると、その魔法陣から一人の人型の魔物が現れた。

「――――お呼びですか、我が君」

まるで人間の執事であるように、執事服に身を包んだその男の魔物は、魔族と呼ばれる存在だった。

リリスのように人型でありながら、魔の存在。

故に、決して人間とは相いれない関係だった。

現れた魔族に対し、リリスは口を開く。

「とっても不愉快な人間が現れたの。だから――――殺してきてちょうだい」

「……仰せのままに」

魔族はそう告げると、再び魔法陣が出現し、その魔法陣と共に消えていく。

それを見たリリスは、再び虚空を見つめた。

「はぁ……とっても不愉快だわ。早くここから抜け出せないかしら――――」

リリスはそう言うと、静かに目を閉じるのだった。

あとがき

こちらの作品をお手に取っていただき、ありがとうございます。

お久しぶりの方、初めましての方。

作者の美紅です。

早いもので、『進化の実～知らないうちに勝ち組人生～』が完結して一年が経過いたしました。

そんな中、大変ありがたいことに、こうして新シリーズを刊行させていただくことになりました。

私は今まで、Webに掲載していたものを書籍化という形が多かったのですが、今作では、完全書き下ろしの新シリーズとなっております。

それに伴って、実は『進化の実』ではやっていなかったプロット作りから始まり、とても新鮮でした。

そんな今作品ですが、『進化の実』がハイテンションのギャグファンタジーだったのに対し、どちらかと言えばスローライフ系のまったりした物になっております。

とはいえ、完全にスローライフというわけでもなく、主人公であるブランが、ランクの低い依頼を積極的に受け、結果的にスローライフといった形になりました。

また、『進化の実』ほどのハイテンションのギャグはありませんが、それでもくすりと笑っていただけるようなシーンを書くことができたかなと思っております。

そんな今作品を、応援していただけると嬉しいです。


担当編集者様。『進化の実』に引き続き、今作品でもお世話になりました。

fame様。カッコよく、そして可愛いイラストを描いていただき、ありがとうございます。

イラストの力は大きく、イラストだけでも続きが気になるような、そんな力を感じました。

私自身も、イラストに負けないように頑張りたいと思います。

そしてこの作品を読んでくださった読者の皆様。『進化の実』を始めとした、他のシリーズを読んでくださっている方や、この作品から興味を持ってくださった方も、本当にありがとうございます。

これからも、この作品を楽しんでいただけると幸いです。

それでは、また。

英雄プランの人生計画　第二の人生は雑用係でお願いします①

2023年12月31日　第1刷発行

著者　美紅

発行者　島野浩二
発行所　株式会社双葉社
〒162-8540
東京都新宿区東五軒町3-28
電話　03-5261-4818(営業)
　　　03-5261-4851(編集)
http://www.futabasha.co.jp
(双葉社の書籍・コミック・ムックが買えます)

印刷・製本所　三晃印刷株式会社
フォーマットデザイン　ムシカゴグラフィクス

落丁・乱丁の場合は送料双葉社負担でお取り替えいたします。[製作部]あてにお送りください。
ただし、古書店で購入したものについてはお取り替えできません。
[電話]03-5261-4822(製作部)

定価はカバーに表示してあります。

ISBN978-4-575-75333-2　C0193
Printed in Japan

Mみ01-16

モンスター文庫

農民関連のスキルばっか上げてたら何故か強くなった。

1

しょぼんぬ

ILLUST: 姐川

超一流の農民として生きるため、農民関連のスキルに磨きをかけてきた青年アル・ウェインは、ついに最後の農民スキルレベルをもMAXにする。そして農民スキルを極めたその時から、なぜか彼の生活は農民とは別の方向に激変していくことに……。最強農民がひょんなことから農民以外の方向へと人生を歩み出す冒険ファンタジー第一弾。

モンスター文庫

発行・株式会社　双葉社

モンスター文庫
モンスターのご主人様
MONSTER TAMER
1
HIGURE MINTO
日暮眠都
ナポ
とある高校の学生が全員まとめて異世界に転移した。転移によってチートな能力を得た学生たちの争いに巻き込まれ、モンスターの跋扈する危険な森をさまよっていた真島孝弘を助けたのは、1匹のスライムだった!?　――孝弘には“モンスターを眷属にする能力”が与えられていたのだ！　スライムにリリィと名付け、さらにマジカル・パペットのローズを眷属に加えた孝弘は、数日後、森の中で学校一の美少女・水島美穂の死体を見つけた。水島美穂の死体を体内に取り込んだリリィは、彼女の姿に擬態し――健気なモンスターたちと紡ぐ、異世界サバイバルファンタジー！
モンスター文庫

発行・株式会社　双葉社

モンスター文庫

まるせい
ill いずみけい
俺だけができる《ステータス操作》で
Fランク冒険者の成り上がり
最強へと至る 1
Fランク冒険者のティムは、冒険者になってから1年間、全くランクが上がらなかった。同期の冒険者たちは、既にBランクに上がっており、ティムは彼らから蔑まれる日々を送っていた。そんなある日、ティムの目の前に謎の画面が現れる。その画面には自らのステータスのようなものが表示されており、彼はそれを操作できる〈ステータス操作〉というユニークスキルを発現していた！　目覚めた力で、ティムは冒険者として成り上がっていく！
モンスター文庫

発行・株式会社　双葉社